ポルタ文庫

小戸森さんは魔法で僕をしもべにしたがる

藤井論理

新紀元社

Contents

プロローグ　小戸森さんは魔法で僕をしもべにしたがる……5
第一話　念写の理由……7
第二話　匂いの記憶……22
第三話　催眠術にもてあそばれる……46
第四話　好きだって気づいてよ……62
第五話　あまごい……75

閑話一　ネコと和解せよ……89

第六話　ガリゴリ君の当たる確率は……104
第七話　恋は焦らず、バズらせず……118
第八話　無防備すぎる小戸森さん……135
第九話　未来のふたりを覗いてみる……152
第十話　彼女の看病がやばすぎる……167
第十一話　折り紙にこもるもの……181

閑話二　続・ネコと和解せよ……191

第十二話　会いたくて会いたくてつながる……202
第十三話　ファッションモデル・小戸森さん（仮）……227
第十四話　バレンタイン、僕チョコレートを、作る側…237
エピローグ　これからもよろしく……252

プロローグ　小戸森さんは魔法で僕をしもべにしたがる

「園生《そのお》くんを……、し、しもべにする！」

黒いとんがり帽子とローブを身につけた、いかにも魔女然とした小戸森《こともり》さんが僕を指さして叫んだ。その足元では先ごろ咲きはじめた赤や白のカタクリが風にさわさわ揺れていたから、なんだか夢のなかにいるような気分になってくる。

「しもべ……？」

「そう！　魔法で！」

魔女が魔法でしもべ。それはいわゆる使い魔みたいなものだろうか。

「なんで？」

「え、な、なんで？　なんでって……、園生くんを、い、言いなりにさせるために」

「そんな回りくどいことしなくても、ふつうに言ってくれればできることはするよ」

「え、ほんとに？」

小戸森さんは目を見開いた。

「じ、じゃあ、わたっ、わたしに、こ、ここ……」

「？」

「こここ、告はk……」

「⁇」

「なにを言わせるの！」

小戸森さんは突然キレた。

「い、いや、分からないけど……」

「これが言えるなら世話ないから！」

「ええ？　ごめんなさい……」

なぜ怒られたのか分からないけど、とりあえず謝った。

ともかく、僕をしもべにしてなにかをさせたいらしい。しかもそれは素の僕には言えないこと。小戸森さんの表情を見るに、すごく恥ずかしいことのようだ。

——でもなあ……。

しもべということは、主従関係だ。いくら小戸森さんの望みでも、それは受け入れられない。だって僕がなりたいのは、

——しもべじゃなくて、恋人だから。

この日から、僕と小戸森さんの十一ヶ月に及ぶ遠回りな恋がはじまった。

第一話　念写の理由

【ぎっくり腰】

急性腰痛症。その病態からドイツでは『魔女の一撃』とも呼ばれる。

教室の掃除が終わり、僕は後ろに寄せていた机を元どおりの位置にもどしていく。膝を少し折って姿勢を低くし、イスを重ねた机をそろりそろりと持ちあげる。しかるのち、背筋をぴんと伸ばしてすり足で移動し、また膝を曲げてゆっくりと下ろす。

「その能みたいな動きはなに？」

ホウキを持った小戸森さんがかたわらに立っていた。

濡れたような光沢の長い髪を手ぐしで梳《す》き、大きな切れ長の目で僕をじっと見つめる。いまさっき廊下でクラスメイトと愛想よく談笑していたのに、僕の前に立った小戸森さんの顔からは笑みが消えていた。

「ぎっくり腰を用心してるんだよ」

「園生くんっておじさん……いえ、おじいさんっぽい」

「子供のころから言われてる」

「魂が成熟してるのかな。前世の記憶が残ってたりして」

「前世の記憶どころか今日の朝食も思い出せないけど」

話しながら廊下にちらっと目を向けた。

小戸森さんはとても目立つ。容姿だけでなく、学業でも、人柄でも。その完全無欠なヒロインっぷりから『混野《まじるの》高校の奇跡』と呼ばれ、男子のみならず女子からも憧れられ、敬われており、『小戸森侵すべからず』の不文律が厳然と守られていた。入学式からまだ三週間とたっていないにもかかわらずだ。

だからひとの目が気になった。彼女と話をするときは細心の注意を払わないと妬まれてしまう。

幸い、クラスメイトの姿はすでになかった。

小戸森さんは「ん、ん」と小さな咳払いをしてから言った。

「毎度ばかばかしい小話をひとつ」

「ちょっと待って」

僕はぎょっとした。

「どうしたの急に。あと『毎度』って、ふつうにはじめてだよ」

「ただの決まり文句だけど」

「それは知ってるけど、いきなりだったから」

「じゃあみんなはどうやってスムーズに世間話から小話へ移行させてるの？」

「世間話に小話をはさむ高校生はレアだよ」

小戸森さんは「そう……」とこくこく頷いてから言った。

「『お父さん、魔法にかかるってどういうこと？』『それはな』」

「ちょっと待って」

僕は手で制した。

「見切り発車したよね？」

「マジカル小話だよ？」

「ジャンルは知らないけど」

「『魔法にかかるってどういうこと？』『それはな、息子よ』」

「待って」

小戸森さんはむっとした。

「なんでさっきから邪魔するの？」

「小話の内容より小戸森さんの意図が気になって」

「そんなの……、小話を聞いてほしいからに決まってるでしょ」

「どうしてそんなことになったのかなって」

「どうしてって……」

小戸森さんは目を泳がせた。そのあと少し怒ったみたいに言う。

「マジカル小話、聞きたくないの？」

「聞きたいです」

小戸森さんを怒らせたくない僕はすぐに折れた。彼女は満足そうに頷き、「ん、んん」と咳払いをして話しはじめた。

「『お父さん、魔法にかかるってどういうこと？』『それはな、息子よ』」

そのとき「ピンポンパンポーン」と黒板の上のスピーカーが呼び出し音を鳴らした。ついでアナウンス。

「本田《ほんだ》先生、お電話です。至急、職員室へお越しください。繰りかえします。本田先生、本田先生――」

小戸森さんは『息子よ』の『よ』の口のまま固まっていた。

「ふ、ふふっ」

その顔が可笑しくて僕は思わず吹きだした。彼女は面白くなさそうな顔をする。

「まだ話してないのに笑わないでほしいんだけど」

「ふふっ、ご、ごめん。聞くよ」

そこで小戸森さんはなぜか「おや？」という顔をした。そして、

「やっぱりもういい」

などと言いだす。

「え、待って。ちゃんと聞くから」

「もういいの。ありがとう」

「遮ってごめん。話して」

「必要なくなったから」

――必要なくなった……？

妙な言い回しだな、と思ったが、意図を問う間もなく、小戸森さんはすっきりしたような表情で、

「じゃあ」

と手を振り、教室を出ていってしまった。

――またなにか仕掛けられると思ったんだけど……。

考えすぎだったのだろうか。

それにしても――。

――小話の内容、気になるんだけど……。

僕はもやもやとしながら教室をあとにした。

◇

日が傾き、橙色に染めあげられた廊下を教室に向かって歩く。

一度、下校しようと玄関まで移動したのだが、小話の内容が気になっていたせいでぼうっとして、机の中にペンケースを忘れた。しかしせっかく一階まで下りたのにそのままとんぼ返りするのは癪《しゃく》だったので、途中にある図書室で時間を潰していたのだ。

ただ、潰しすぎた。おかげでこの時間というわけである。

しかし充実した時間を過ごすことができた。小脇には読みきれなかった『日本茶のすべてがわかる』だとか『茶の湯の心理学』といったタイトルの本を抱えている。

僕はほくほくしながら教室のドアを開けた。

ハーブのような甘い匂いと、真っ黒なローブをまとった小戸森さんの姿が、僕の鼻と目にそれぞれ飛びこんできた。

彼女は窓側から二列目の最後尾の席——つまり僕の席の前に立っている。机の上には香炉があり、香りはそこから漂っているらしかった。

しばらく固まっていた僕は、ゆっくりと教室のドアを閉めた。

間もなくドアが内側からゆっくりと開く。そこには小戸森さんのちょっとむっとした顔があった。

「弁解くらいさせてよ」

「とりあえず入っていい？」

「ええ、もちろん」

小戸森さんは道を譲る。僕は教室に足を踏み入れ、後ろ手にドアを閉めた。

机には香炉以外に二本のロウソク、水筒のカップ。そして紙に描かれた五芒星――ペンタクルの上に、スマホがスタンドに立てられて置いてある。

僕は小戸森さんに目をもどした。

「じゃあ、弁解を聞くよ」

彼女は自信ありげに微笑む。

「儀式をしてたの。園生くんを呪おうと思って」

「二言目ですでに弁解失敗してない？」

「弁解はここから」

「ええ……？　盛りかえせる？　ここから」

小戸森さんは祭壇のスマホを見て言った。

「掃除の時間に、そこに立って話をしたでしょ？　だからスマホに時間遡行《そこう》の魔法をかけて、そのときの園生くんの写真を撮って、そして――」

「そして？」

「その写真を使って、わたしの『しもべ』になる呪いをかけるつもりだったの」

——やっぱりか。

僕は額に手を当てた。

小戸森さんは魔女であり、僕をしもべにしたがっている、のだそうだ。それをなんの疑いもなく百%受けいれているわけではない。でも、この『小戸森さんは実は魔女』という秘密を共有することは、『混野高校の奇跡』とまで謳《うた》われる彼女と、平々凡々な僕とをつないでくれる大切な絆だ。受けいれないという選択肢は僕のなかに存在しない。

まあそんな打算を抜きにしても、八割方、いや九割方、信じてしまっている自分がいるんだけど。

——結局、弁解になってないし……。

しかしネタが割れたからといって気を抜くことはできない。僕は絶対にしもべになるわけにはいかないのだ。なぜなら——。

——彼女のことが好きだから。

しもべと恋人は両立しない。だから彼女の魔法にかかるわけにはいかない。

「それにしても、なんでいまさら？　魔法なんて使わなくても写真を撮るチャンスなんていくらでもあったよね」

「だって笑顔の写真が欲しかったから」

「え？」

いま一瞬、すごく嬉しいことを言われた気がした。

喜ぶ僕の反応を見て、小戸森さんは「ふふ～ん」としたり顔をした。

「なにか勘違いした？　笑っているほうが心に隙ができるから呪いにかかりやすい、それだけ」

「だ、だよね……」

僕のことをしもべではなく、恋人の候補として見直してくれたのかと期待した。

そんなわけはないのだ。『あなたをしもべにする！』と宣言してから一週間ばかり、彼女はほぼ毎日なにかしら仕掛けてきた。粘り強く、根気よく。簡単に心変わりするわけがない。

しかし彼女はあの宣言のあとにこうも言った。

『一年以内にしもべにできなかったらあきらめる』

つまり高校一年生のあいだ耐えきれれば、彼女は僕のしもべ化を断念するのだ。

僕はその日を迎えたら、小戸森さんに告白をしようと決めている。だからその日まで絶対に、彼女の魔法に屈するわけにはいかないのだ。

「んぐ」

変な声が聞こえて僕は顔を上げた。

小戸森さんが顔だけ後ろに振り向けていた。耳が赤いし、ぷるぷるしている。

「ど、どうしたの小戸森さん」

「なんでもない」

正面に向き直る。落ち着き払った表情だった。ただ、耳は赤いままだ。

「園生くんの落ちこんでる顔が可愛――カワウソに似てたから少し笑ったの」

「僕そんなにカワウソに似てるかな？　それちょくちょく言うよね？」

「え⁉　――ええ、そ、そっくり」

「ふうん……」

――小戸森さんにしか言われたことないんだけど。

「ところで『え⁉』ってなに？」

「じ、自分の語彙力《ごいりょく》のなさに驚いただけ」

と、豊かな黒髪を指に巻きつけてくるくるした。

「ところで魔法はうまくいった？」

祭壇のスマホに目をやった。小戸森さんは表情を曇らせ、ゆるゆると首を振る。

「時間遡行の魔法は高度なの。魔女本人の力量だけでなく、場所や時間、果ては季節まで、条件が整わないと難しい。――だから、見て」

スマホを差しだし画面を見せた。

「これじゃあ呪えない」

画面には、身体が半透明で輪郭も薄らぼんやりとした僕らしき人間の姿が写っている。それだけでなく、白っぽい靄《もや》（人間の顔に見える）や、窓から伸びる無数の白い腕、蝶の羽が生えた小さな人間が飛んでいる姿などが写りこんでいた。あと、僕の首から上がない。

身体中に鳥肌がたった。僕はこういうオカルトチックなやつが苦手なのだ。

「これすでに呪われてない？」

「魔法が不出来で『向こう』とつながってしまっただけ。顔のようなものは力のない浮遊霊だし、窓の腕は明るい青春を送れず学校生活に未練があるひとたちの生き霊だし、妖精はただ遊びに来ただけ。四月はもともと人間の世界とあちらの世界を隔てるベールが薄くなる時期だから。——首がないのはよく分からないけど」

「よく分からないのが一番怖いんだけど……」

僕はぶるりと震えた。

「嘘でーす。単に時間遡行が不完全だっただけ」

「なんで嘘ついたの」

「冗談を言ったの。さあ、笑って」

小戸森さんはスマホのカメラを僕に向けた。

「いや、笑わないけど……」

「なんで？　笑いは『緊張と緩和である』と関西の噺家《はなしか》さんが言ってた。恐怖で緊張させて、しかるのち種明かしをして緩和させた。それで笑わないなんて、園生くんは噺家さんに恥をかかせるの？」

「どっちかって言うと、スベって恥かいたのは小戸森さんだけど」

「わたしは一度もスベったことがない」

「ポジティブ」

完全無欠のヒロインに見えて、欠点が多いのも彼女の魅力だと僕は思っている。冗談が下手なのもそうだし、それに――。

僕は教室に視線を巡らせた。

換気扇が回り、香炉からたつ煙を吸いこんでいる。時間遡行がうまくいかなかった原因はおそらくこれだ。

――魔女なのに、魔法で失敗するところも。

小戸森さんは大きくため息をついたあと、祭壇を片付けはじめた。カップの水を香炉にそそいで消火し、ロウソクを吹き消して、ペンタクルと一緒に持参したレジ袋のなかに放りこむ。

ただ黙々と片付けているだけだ。なのにそのうつむき加減の顔が、どこかしょげているようにも見える。

なんだか胸が締めつけられるような気持ちになった。

僕は小戸森さんが机に置いたスマホをかすめとった。フロントカメラに切りかえて、彼女に顔を寄せると、有無を言う間も与えずシャッターボタンをタップした。

カシャ、と偽物のシャッター音が鳴った。

写真を確認する。

「ううん……」

怒り顔をしたつもりだったが、とっさだったのでむしろ変顔という趣だった。その隣では小戸森さんが大きな目をさらに大きくさせて僕を見つめている。

——まあ、これなら大丈夫か。ふたりで写ってるし。

「と、突然なにするの」

僕の手からスマホを奪うようにとって、小戸森さんは言った。

「その顔なら呪うことはできないでしょ？」

彼女は形のいい眉をひそめ、スマホの画面に目を落とした。

じっと画面に見入る。

——……？

なにをそんなに真剣に見ているんだろう。彼女は写真を拡大して僕の変顔を大写しにしたり、小戸森さん自身の顔を中心に持ってきたりする。

この世のものではないものがまた写りこみでもしたのかと思い僕も改めて注視するが、画像におかしなところは見当たらない。

小戸森さんは最後に画像を縮小させた。元のツーショットにもどる。

「小戸森さん、さっきからなにを――」

僕は最後まで言うことができなかった。

だって彼女が、ふたりの写った画像を見て、とても嬉しそうに顔をほころばせていたから。

僕にだけ愛想笑いをしない小戸森さんの、本当の笑顔。

僕はぽかんと口を開けていた。ただただその柔らかい表情に目が釘づけになる。

――まずい。

必死に表情を引き締める。心にできた隙を悟られないように。

小戸森さんははっとしたように顔をあげて僕を見た。ぼんっ、と爆発するみたいに顔が赤くなる。なにか言おうと口を開きかけたが言葉は出てこない。決まり悪げに僕から顔をそむけて鞄を引っつかむと、

「か、帰る！」

そう言い捨てて教室を駆けでた。

ぴしゃりとドアが閉められる。

「ぶはっ」

僕は詰めていた息を一気に吐きだした。

胸が苦しくてうずくまる。身体がほてる。心臓が激しくダンスする。腰が砕けて立ちあがれない。

小戸森さんの可憐な表情や仕草は、まさに『魔女の一撃』だった。

――このタイミングで魔法をかけられたらやばかったな……。

心に隙ができている、どころの話ではない。完全に心を奪われてしまっていた。

はあ、と嘆息して、ふらふらと立ちあがる。

――あの写真、もらえないかな……？

僕は月を歩くみたいなふわふわとした足どりで帰途についた。

第二話　匂いの記憶

入学式の日のことだ。新入生挨拶で小戸森さんが壇上に立つと、まるで大女優でも舞台に上がったかのように会場の空気がぴりっとした。彼女の一挙手一投足を見逃すまいと会場全体が息を凝らしているようだった。

深くお辞儀をして、顔を上げる。おびただしい視線を一身に受ける彼女は、しかし緊張するどころか観衆に向けて微笑みさえ浮かべた。

やがて小戸森さんが原稿を読みあげる。声は少し低めのアルト。鼓膜と一緒に心も揺すられるような音域。

内容はよく覚えていない。ただただ心地よかったのを覚えている。

彼女がもう一度お辞儀をしたあと、少し間があって、拍手が沸き起こった。ひとつ前の在校生挨拶のときよりも大きな拍手だった。

教室にもどり、オリエンテーションが行われているあいだも、みんなはなんだかそわそわとしていて、小戸森さんだけが泰然と背筋を伸ばしていた。

オリエンテーションが終わると同時に小戸森さんがわっとクラスメイトに囲まれたのは言うまでもない。矢継ぎ早に繰りだされる質問に彼女は嫌な顔ひとつせず、ほのかな笑みを浮かべて丁寧に答えていた。

みんな一向に帰ろうとしない。小戸森さんに話しかける勇気のない者たちも、彼女を横目に見ながら未練がましく教室に残っている始末だった。

僕はそそくさと帰宅した。録画しておいた演芸番組『笑天』を見るためだ。昨日は本屋巡りをしたから、リアルタイムで視聴できなかったのだ。

本格的に高校生活がはじまってからも、小戸森さんの周りは騒がしかった。授業が終われば誰かしらに話しかけられ、昼休みは昼食の輪に組みこまれ、放課後には道草に勧誘される。

そのすべてに彼女は朗らかな笑顔で答え、応える。まるで『笑天』のように、決して期待を裏切ることがない。クラスメイトにだけではない。教師、上級生に対しても、いつでも彼女は『笑顔』だった。

僕が小戸森さんにあんなことを言ってしまったのは、そんな様子をいつも端から見ていたからかもしれない。


学校の裏手から「ピチュー、ピチュー」とシジュウカラの鳴く声が聞こえた。僕は帰宅ルートを変更して声のしたほうへ回った。

スマホのカメラアプリを起動して、トネリコの木を見あげながらゆるい坂道を下る。

でもうシジュウカラの声は聞こえなくなっていた。

——この辺だと思ったんだけど……。

ちょっと残念に思いながらふと視線を下げると、低い石垣に誰かが座っているのが見えた。

小戸森さんだった。

めずらしいこともあるものだと思った。

小戸森さんはひとりだった。生白いまっすぐな脚をぶらりと垂らして空を見あげている。

その視線が下りてきて僕をとらえた。

彼女はちょっと驚いたような顔をしたあと、いつもの笑みを浮かべた。

みんなの心をつかんで離さない笑顔。でもそのとき僕は、なんだかちょっと呆れたような気持ちになった。

つかつかと歩み寄って彼女の正面に立つと、スマホをポケットに突っこみ、代わりにあるものをとりだして彼女の眼前に差しだす。

小戸森さんは小首を傾げた。

「なに？」

「あげる」

僕の手に載っているのは透明な袋に入った小さなお菓子。

「これは？」

「茎わかめ」

小戸森さんの口元がひくりと動いた。

「くき……わかめ……」

「梅しそ味だよ」

「んぐふ」

彼女は変な声をあげて、弾かれるように後ろを向いた。肩がひくひく震えている。

「どうしたの？　しゃきしゃきしておいしいよ？」

小戸森さんは僕の鼻先に手のひらを突きだし、震える声で言った。

「少し猶予をちょうだい」

「いいけど……」

視界いっぱいに彼女の手のひらが広がっている。

「頭脳線、長いね」

「んぶぅ」

手のひらががくがくと揺れた。

「猶予をちょうだいって言ったよね？」

「ごめん」

よく分からないけど、僕がしゃべると都合が悪いようだった。言いつけどおり口をつぐんで待つ。

小戸森さんの手のひらから桃みたいな匂いがする。それは完全無欠のヒロインである彼女の香りとして、とてもふさわしいように思えた。

そこで僕はようやく冷静になった。

――完全無欠のヒロインである小戸森さんに、茎わかめはなしなのでは。

気分を害していないだろうか？　背中に嫌な汗が噴きだす。

やがて視界を遮っていた手のひらが下がって小戸森さんの顔が現れた。

彼女は穏やかな声で尋ねた。

「どうして急にお菓子をくれるの？」

「ごめん、嫌いだった？」

「違うの。幼い顔をした園生くんのポケットから茎わかめが出てきたから、ちょっとツボに入ってしまって。こちらこそごめんなさい」

――よかった。呆れられたわけではないらしい。

僕はほっと胸をなでおろした。小戸森さんはつづける。

「言いたかったのはそういうことじゃなくて、まともに話したこともないわたしに、どうして突然お菓子をくれるのかってこと」

「なんでって……」

いまだかつてないほど間近にある彼女の顔は、やはりいつもの『笑顔』だった。

「その顔だよ」

「顔？」

「疲れない？　その顔」

「疲れたような顔してる？」

「全然。だから疲れるだろうなって」

小戸森さんの顔から笑みが消えた。というより、お面がはがれたような感じだった。

「無理してるって言いたいの？」

「そういうわけじゃないけど」

子供のころ、シェットランドシープドッグを飼っていた。

名前はコハク。僕が物心ついたときにはすでにお婆ちゃん犬だったけど、とても顔立ちが整っていて、散歩をするといつも「かわいいね」とか「美人さんだね」と声をかけられた。コハクは誇らしげに背筋を伸ばし、そんな賞賛を一身に浴びていた。

でも散歩から帰ると、コハクはがぶがぶと水を飲み、それからお気に入りの座布団の上に移動して、夕飯の時間までてこでも動かなくなる。腹を上に向け、白目をむき、ぴくぴくと痙攣《けいれん》しながらいびきを立てて眠るその姿に『美人さん』の面影はなかった。

僕のなかでコハクと小戸森さんがダブっていた。顔もなんとなく似ている気がする。茎わかめをあげたのは、コハクに「お疲れ様」とジャーキーをあげるような感覚だった。

小戸森さんは僕を値踏みするみたいにじっと見た。そして手のひらを差しだす。今度は上に向けて。

僕は「なに？」と尋ねた。

「くれるんでしょ？　茎わかめ」

「う、うん」

茎わかめを手のひらに載せる。小戸森さんは包装を破いて、中身を口に運んだ。斜め上を見ながら、ぽりぽりと咀嚼《そしゃく》する。

——小戸森さん、味わうとき右斜め上を見るんだな……。

何気ない癖を知ることができて妙に嬉しくなる。

こくん、と小戸森さんの喉が動いた。明後日のほうを向いていた目が僕のほうへもどる。

「世界にはわたしの知らない素敵なものが、まだたくさんあるんだね」

このときなぜか、自分が褒められたみたいな気分になったのを覚えている。

つぎの日、僕はポケットに少し多めの茎わかめを入れて学校の裏手に赴いた。

シジュウカラはいなかったけど、小戸森さんはそこにいた。彼女は前の日と同じように低い石垣に腰かけていた。こちらに気がついて浮かべたほのかな笑みは、いつもの『笑顔』とは少し印象が違うようだった……というのは僕の気のせいかもしれない。

「手、出して」

僕がそう言うと、小戸森さんは素直に手を差しだして、くすりと笑った。

「犬のお手みたい」

「よく分かったね」

「え?」

「ごめん、こっちの話」

僕はポケットから茎わかめを数袋とりだして彼女の手のひらに置いた。

「園生くん、これいつも持ち歩いてるの?」

「まさか。昨日はたまたまだよ」

「だよね、茎わかめを常備している高校生なんて――」

「家にお徳用をストックしてるけど」

「んぐぅ」

小戸森さんは弾かれたように顔を伏せた。

「す、好きなんだね」

「まあね。あ、今日はうす塩味だよ。僕はこっちのほうが好き」

「そ、そう。それは楽しみ」

呆れたような疲れたような表情で茎わかめを口に運ぶ。そしてまた例の『味わう顔』でぽりぽりと音を鳴らす。

僕も茎わかめの封を開けて口に放りこんだ。

小戸森さんと一緒にぽりぽりする。同じものを食べているだけなのに、心がふわふわと浮き立つような感じがした。

それから学校帰りはほぼ毎日、この低い石垣で小戸森さんとお菓子を食べて、少しだけ話をするのが習慣になった。

いつも茎わかめじゃ悪いと思って、その日はべつのお菓子を持っていった。

喜んでくれるかな、と緊張しながらお菓子を手渡す。

「これは?」

「きんつば」

「きんつば」

小戸森さんはオウム返しに言った。「んぐぅ」みたいな変な声はあげなかったけど、耐えるみたいに身体を震わせていた。

「もう少し、その……、洋風なものは食べないの？」

「洋風……？　ハイカラってこと？」

「ハイカラ」

小戸森さんの震えが大きくなる。

「そうだね、つぎはハイカラなものがいい」


つぎの日、僕は言いつけのとおり洋風なお菓子を持っていった。

「手、出して」

小戸森さんの手のひらにからからとお菓子を落としてやった。

「これ……」

「佐久田の缶ドロップだけど」

「……ぁぅ」

もう片方の手で口元を押さえる小戸森さん。

「わざとではないんだよね？」

「なにが？」

「いいの、忘れて」

僕らは並んで石垣に座り、ただ黙って口のなかでドロップを転がした。

またつぎの日、今度は小戸森さんがお菓子を持ってきた。透明なフィルムの袋に入った、甘栗くらいの大きさの、色とりどりのお菓子。

「マルツィパンだよ」

「マルツィパン」

今度は僕がオウム返しをする番だった。

「日本では『マジパン』のほうが通りがいいかも」

「マジパン」

「まあ、マカロンみたいなものだよ」

「なるほどね」

とは言ったものの、まったくピンと来ていなかった。自慢ではないが僕はクッキーとビスケットの違いもよく分からない。

小戸森さんからもらったマルツィパンはねっとりとして、でもふんわりとしていて、ものすごく甘いのに、香ばしい良い香りがした。

「おいしい。お茶が欲しくなるね」

「絶対に言うと思った」

小戸森さんは鞄からお茶のペットボトルをとりだし、僕に渡した。

「お金払うよ」

「ありがとうだけでいい」

「じゃあ、ありがとう」

小戸森さんは「うん」と返事して、もう一本のお茶をとりだし、蓋を開けた。

ふたり同時にお茶を飲み、ふたり同時に息をつく。

そしてぼうっと同じ空を眺めた。

「そういえばここ、ひとが来ないね」

「垣根だから」

僕は首を傾げた。小戸森さんはこちらを見ないまま説明する。

「垣根は境界。こちらの世界とあちらの世界の、ね。わたしたちはその上にいる。だからひとは来ない」

「ふうん……？」

なにかの冗談だろうか？　でも小戸森さんの目はすごく真剣で、ふざけている雰囲気ではなかった。

「園生くんに言いたいことがある」

張りつめた声に気圧《けお》されて「う、うん」とだけ答えた。

小戸森さんは立ちあがると、すたすたとトネリコの木に近づいていき、その後ろを通りすぎた。

「え？」

僕は思わず声をあげた。

木の幹で一瞬だけ隠れて、つぎに姿を現したとき、小戸森さんの服装が変わっていたのだ。

先っぽが折れ曲がった、小戸森さんには大きすぎるとんがり帽子に、くるぶしまであるローブ。そのどちらも真っ黒だ。そして手には竹ぼうきを持っている。

彼女の顔は真剣そのものだった。

「なにに見える？」

「魔女かな」

「正解」

小戸森さんはホウキにお尻を乗せて二メートルほど宙に浮いた。

あまりに唐突なイリュージョンに、僕は理解が追いつかず無言になった。

彼女は怪訝な顔になって地面に下りた。

「驚かないの？」

「前置きがなさすぎて驚く間もなかった」

小戸森さんは「焦りすぎだったかな……？」と自問自答した。

「まあいっか。――じゃあ、わたしの目的を言うけど」

「待って待って待って」

「なにか疑問？」

「疑問しかないよ」

僕は小戸森さんに手を突きだした。

「少し猶予が欲しい」

このセリフをこちらが言うことになろうとは思いもしなかった。

――魔女って……、あの『魔女』だよね……？

といっても、大きい鍋で怪しげな薬草やトカゲの尻尾をぐつぐつ煮こんでいる姿と、ホウキで空を飛ぶイメージしか湧かないんだけど。あとハリー・◯ッター。

魔法を使えるということだろうか。にわかには信じられない。

――でも……。

小戸森さんをちらっと見る。彼女はホウキに座ってぷかぷか浮いていた。

――どう見ても浮かんでるよなあ……。

イリュージョンで僕を驚かす意図だったとしても、魔女だと名乗る必要はない。素直にイリュージョンだと言えばいい。なら彼女は本当に魔女なのだろうか。

——小戸森さんがつまらない嘘をつくとは思えないし……。

僕はいったん彼女の言い分を信じることにした。

「つまり、小戸森さんは魔女で、僕になにかするために正体を明かしたってこと？」

小戸森さんはばつが悪そうな顔で頷いた。僕が長考しているあいだ、どんどんと表情が曇っていったことには気がついていた。正体を明かしてしまい、いまさら後悔したのだろうか。

「じゃあ、目的ってなに？」

「そ、園生くんを」

「僕を？」

「園生くんを……」

小戸森さんは僕を指さして叫んだ。

「し、しもべにする！」

しもべ。僕の頭がおかしくなっていないのであれば、それはあまり歓迎される類の単語ではないはずだ。

「しもべ……？」

「そう！　魔法で！」

魔法でしもべ。それはいわゆる『使い魔』みたいなものだろうか。

「なんで？」

「え、な、なんで？　なんでって……、園生くんを、い、言いなりにさせるために」

「そんな回りくどいことしなくても、ふつうに言ってくれればできることはするよ」

「え、ほんとに？」

小戸森さんはぱっと顔を明るくした。

「じ、じゃあ、わたっ、わたしに、こ、ここ……」

「？」

「ここ、告はk……」

「⁇」

「なにを言わせるの！」

小戸森さんは突然キレた。

「い、いや、分からないけど……」

「これが言えるなら世話ないから！」

「ええ？　ごめんなさい……」

とりあえず謝った。

しもべにして僕になにかをさせたいらしい。しかもそれは素の僕には言えないこと。

小戸森さんの表情を見るに、すごく恥ずかしいことのようだ。

詳しく尋ねてみようかと思ったが、またキレられそうなのでやめておく。

「じゃあ、具体的にはどうやってしもべにするの？」

「え、ぐ、具体的？」

小戸森さんは大きな瞳をぐるりと一周させた。

「どうしてあげましょうか」

「いや、僕が聞いてるんだけど……」

僕はひらめくものがあって「あ」と声をあげた。

「さっきのマルパン」

「マルツィパン」

「そうそれ。あれになにか、僕の心を操るような薬を入れたとか」

「あ」

今度は小戸森さんが声をあげる番だった。

「い、いいアイデアだけど違う」

小戸森さんは鞄からスマホをとりだしてなにやら入力した。多分、食べ物に薬的なものを混入させるアイデアをメモしたのだ。

「まだアイデアを練っている段階」

「そっか」

頷く僕を小戸森さんはまじまじと見た。

「……怖くないの？」

「う〜ん……あまり」

多少の驚きはあったけど、怖いとは思わなかった。だってこんなにきれいでしかも頭がいいなんて、なにかずるをしているに違いないのだ。

——たとえば魔法を使っているとか。

だから魔女であると告白されて、かえって腑に落ちたくらいだ。

小戸森さんの頬がほんのり色づく。

「じゃあ、また会ってくれる……？」

つぎに会ったとき、僕はきっと魔法をかけられる。そしてしもべにされる、かもしれない。

怖くはないと言ったけど、この世のものではない力で意志を自由に操られることを歓迎しているわけではない。できれば勘弁してほしい。

でももし断ったら。彼女との密会は、今日で終わってしまうのだろうか？

それはなにより怖いことだと思った。

だから僕は——。

「もちろん」

そう答えていた。

その瞬間、彼女の顔がくしゃっとなった。泣き、笑い、その両方の感情を必死にせき止めているような表情だった。

彼女は慌ててとんがり帽子で顔を隠した。

そして竹ぼうきに乗って浮かびあがる。二メートル、三メートル、四メートルと浮揚して、すぐにトネリコの木よりも高くなる。

でもまだ上昇は止まらない。空へ向かって高く高く、ぐんぐんと高度を上げて、小さな点になって——。

ついには見えなくなってしまった。

「ええ……？」

僕は口を半開きにして空を見あげた。

——大丈夫かな。成層圏とか。

帰り道、僕の頭のなかには小戸森さんの顔ばかりが思い浮かんだ。

正体を明かしたときの緊張した顔、しもべにすると言ったときの必死な顔、戸惑った顔、泣き笑いみたいな顔。『笑顔』じゃない、小戸森さんの顔。

そのどれもが、僕のなかで宝物みたいにきらきらとしていた。

そのときにはもう、小戸森さんのことが好きになっていたんだと思う。

これからも一緒に、同じ方向を向いてお茶を飲みたいって思った。

でも、同じ方向を向くなら高さに差はないほうがいい。

だから僕は、小戸森さんのしもべになるわけにはいかない。

〝僕は明くる週の月曜日、彼女に魔法をかけられて、しもべになってしまった。〟

「ん？」

いま、僕のだけど僕のじゃない声が聞こえた。

〝僕は明くる週の月曜日、彼女に魔法をかけられて、しもべになってしまった。〟

また聞こえた。しつこいようだが、いまのは僕の声じゃない。

〝僕は明くるしゅ〟

聞こえた瞬間、僕は勢いよく振りかえった。

すぐ側に小戸森さんが立っていた。手をメガホンの形にしている。僕のじゃない僕の声は彼女が出していたものだった。

彼女は切れ長の目を丸くした。

「な、なんで？　気づくわけがないのに」

アルトの声をソプラノにして慌てふためく。

「耳元で声を出されたら、さすがに気がつくよ」

「そうじゃなくて」

そして悔しそうに言う。

「深層心理に刷りこむ計画が……」

小戸森さんは二歩三歩後じさると、ぐるりと方向転換して走りだした。

「え、あ、待って！」

彼女の背中に手を伸ばし、駆けだした——その最初の一歩が、地面を踏み抜いた。

「っ⁉」

まるで地面がなくなって宇宙空間にでも放りだされたみたいに僕の身体は一回転して、
ドン！　と、背中から落ちた。あまりの衝撃に一瞬息が止まる。

うめき声をあげながら身体を起こし、あたりを見回した。

薄暗いが、そこは間違いなく僕の部屋だった。コー、と電化製品がたてる低い音だけが聞こえてくる。

ベッドから落っこちたらしい。僕の身体はベッドとデスクチェアのあいだにはさまっていた。

——夢？

入学式から小戸森さんに例の宣言をされるまでを夢で見ていたらしい。

小戸森さんが空高く飛んでいったところまでは事実と同じ。おかしいのはそれ以降だ。僕はしもべになっていないし、そもそも空に飛んでいった小戸森さんがつぎの瞬間、僕の背後にいるなんて現実的じゃない。

――そうか。

彼女の言った言葉。

『深層心理に刷りこむ計画が……』

――夢に介入されたんだ。

おそらく彼女は夢に入りこみ、深層心理レベルで僕にしもべ根性を植えつけようとしたのだ。

――これを使って。

枕カバーのファスナーを開き、なかからあるものをとりだした。

ちょうど札入れくらいの大きさの布袋。三辺が赤い糸で縫いあわせてある。ふわりとバラやラベンダーの香りがした。なかには細かく砕いたハーブが入っているらしい。

『アロマピロー。いつもお菓子をもらうお礼』

ゴールデンウィークの谷間のある日、小戸森さんはそう言って僕にプレゼントしてくれた。

舞いあがる僕。嬉しくないわけがない。同年代の女の子からはじめてもらったプレゼントだ。

さっそく使おうと枕カバーのなかに滑りこませたのだが、そこではたと気がついた。

――もしかして、これも魔法の一種なのでは。

だから念のため、ベッドの脇に空気清浄器を引きよせて、モードを『強』にしておいたのだ。

薄い暗闇のなか、空気清浄器がコーと音をたてている。

――小戸森さんの魔法、換気に弱すぎる……。

一階の台所まで行き、野菜保存用のファスナーつきバッグを持ってきて、アロマピローを密封した。

そして机の引き出しの奥にしまい込む。

少し考えたあと、もう一度引き出しを開けて、アロマピローを手前にした。開ければすぐに見える位置に。

やれやれとベッドに潜りこむ。

――これで安心して眠れる……。

しかしそれは甘い考えだった。

夢に出てきた小戸森さんの声が頭のなかでリフレインする。その声は耳元でささやかれたみたいに生々しくて、心がざわざわした。

くわえて、枕に少しだけ残ったバラの香りが小戸森さんの桃のような匂いによく似ていて、それも僕の安眠を妨害した。

——これも魔法なのかな……？

窓の外が白々とするまで、僕は幾度となく寝返りを打った。

明け方、ようやく眠りに落ちた僕の夢のなかに小戸森さんが現れた。

でもこれは多分、ただの夢だ。

――なるほど、『垣根の上にいる人』……。

僕は図書室で『魔女の生き方』という本を読んでいた。小戸森さんの魔法から身を守る方法を探すためだ。

どうやら『アミュレット』を身につけておけばいいということまでは分かったのだが、挿絵のアミュレットは高価な宝石で、高校生の僕には手が出せそうになく途方に暮れていたところ、聞き覚えのある『垣根』という単語が目に入った。

魔女はドイツ語で『HEXE《ヘクセ》』といい、語源を辿《たど》ると意味は『垣根の上にいる人』なのだそうだ。

この『垣根』とは、実際の垣根というよりはあちらとこちら、つまりあの世とこの世の境界を指す。産婆や薬剤師として生と死を間近に見てきた魔女はたしかに、あちらとこちらの境に立つ者なのかもしれない。

『垣根は境界。こちらの世界とあちらの世界の、ね。わたしたちはその上にいる。だからひとは来ない』

小戸森さんの言葉はやはり冗談などではなかった。あの世とこの世の境である垣根には、ふつうの人間は立てない。

――……ん？　じゃあなんで僕は垣根に入れたんだ？

もちろん僕は魔女じゃない。

――小戸森さんが僕と話をしたくて招き入れてくれた……なんて。

あり得ない妄想をした自分が猛烈に恥ずかしくなり、僕は本を棚にもどしてそそくさと図書室を出た。


玄関へ向かう途中、スマホをいじる生徒を何人も見かける。でもこれはべつに風紀が乱れているのではない。混野高校は生徒のＳＮＳによる交流を積極的に推奨している。モバイルデバイスによるコミュニケーションを若いうちにこなしておけば、いずれ社会に出たときに役立つというのが理由らしい。

しかしその理念はもはや時代遅れだと思う。物心がついたころにはすでにスマホやタブレットが身近にあったデジタルネイティブな僕らにとって、それは単なるゆるい校則でしかない。

――そのゆるい校則を、僕は満喫できてないけど。

ＳＮＳを活用できないのだ、デジタルネイティブとか言っておいてなんだけど。友達がいないわけではない。数人のクラスメイトとＬＩＮＥのＩＤは交換した。

でもメッセージのやりとりがつづかない。

原因は分かっている。僕の返信が遅いのだ。

僕はあの『フリック入力』というやつが苦手だ。ひらがなの行一文字目を押したまま、上下左右に割りふられた段の方向へ指を滑らせる、あの入力方法。

指の腹が広いのか、タッチパネルへの理解度が低いのか、あ行を押しているつもりで、すぐ下のた行を押していることがしょっちゅうだ。だから『ありがとう』と入力したいのに『たりなもう』などと意味不明の言葉を入力してしまい、打ちなおしているあいだに時間は刻々と過ぎて、結局返信は遅くなる。

フリック入力練習アプリ『滑らせ！　フリック塾』をダウンロードして練習をはじめてみたりもした。

教官である擬人化された犬の女の子はいわゆるツンデレで、ふだんは「いまどきフリック入力もできないなんて！」とか「遅いのよ！」などと小言を言ってくるのだが、うまく入力すると「なかなかやるじゃない」とか「す、すごいだなんて思ってないんだからね」と褒めてくれる——らしいのだが、まともに入力できない僕にとってはただの口の悪い犬であり、頭にきて三十分でアンインストールした。

なのでフリック入力はあきらめて、ボタンを押すごとに文字が切りかわる、いわゆるトグル入力を使っているのだが、それを用いたところで僕の入力自体が遅く、返信が遅れることに変わりはない。

遅れがちな返信のせいでやりとりは徐々に少なくなり、やがてほとんどなくなった。スタンプを使えばいい？　僕はスタンプを探すのも遅いのだ。

とにかく僕はＳＮＳに向いていない。デジタルネイティブなのにデジタルに弱い奴だっている。アナログネイティブが全員、アナログなものを使いこなせるわけじゃないのと一緒だ。

僕はＳＮＳより直接会って話すほうがいい。

そんなことを考えながら歩いていると、いつの間にかいつもの石垣に到着していて、いつものように小戸森さんがそこに座っていた。彼女は僕が近づいていることに気づかず、厳しい表情で手元に目を落としている。スマホを見ているようだった。

小戸森さんほどのひとであれば大勢とＩＤを交換しているだろうし、フリック入力だって早いだろう。そんな彼女でもＳＮＳでのコミュニケーションに悩むことがあるのだろうか。

僕がそばに立つと、小戸森さんはさっとスマホを隠した。

「どうしたの？」

と尋ねたが、彼女はとぼけたような顔をする。

「なにが？」

「いや、スマホ……」

「隠してませんけど？」

彼女は食い気味に答えた。しかもなぜか敬語だ。

まあ、スマホはプライベートな情報が満載だし、あまり突っこんで尋ねるようなことでもないと思い、べつの話題を探していると、

「わたしのスマホが気になるの？」

と、小戸森さんのほうから話を振り出しにもどしてきた。

「え？　いや、まあ」

あいまいに頷くと、彼女はしてやったりといった表情になった。

「じゃあ、見せてあげる」

なにやら操作したあと、画面を僕に向けるようにしてスマホを差しだした。

動画が再生されている。黄金色の物体が右、左に揺れている。

それは糸に吊された五円玉だった。

小戸森さんはスマホをさらに近づけてきた。眼前で五円玉が揺れる。

――なに、これ。

糸で吊された五円玉を目の前で揺らすのは催眠術をかけるための常套手段である。

が。

──それ、魔法……？

根本的な疑問が思い浮かぶ。催眠療法という言葉があるとおり、医療の分野なのではないだろうか。

──でもさっき読んだ本には、魔女は医者やカウンセラーとしての役割も担っていたと書いてあったし……。

催眠術は魔法の範疇《はんちゅう》なのかもしれない。それにしても五円玉とはベタすぎないだろうか。

小戸森さんは低い声でつぶやくように言う。

「あなたはだんだん眠くな～る、あなたはだんだん眠くな～る……」

──……ベタすぎないだろうか。

驚きと呆れのあまり、目はかえって冴えた。ホウキで空を飛ぶ彼女を目撃したのも、なにかの見間違いだったのではと思えてくる。

唖然とする僕をよそに、小戸森さんはベタな暗示の言葉を唱えつづける。

「あなたはだんだん眠くな～る、あなたはだんだん眠くな～る……」

しかし、僕の様子に変化がないことに気がつくと、

「あ、あれ？　あなたはだんだん眠くな～る、あなたはだんだん眠くな～る……！」

語気に焦りの色が混じりはじめ、

「眠くな～る！　眠くな～れ！」

命令形になり、

「眠くなって……！」

ついに懇願になった。なんだか不憫《ふびん》になって、僕は目をつむった。

「ぐ、ぐぅ～……」

だらっと首を垂らし、いびきをかく。

「え、あ、かかった……？」

「か、かかったぐぅ～」

顔が熱くなった。どこの世界に「かかったぐぅ～」などと間抜けな返事をする催眠術の被験者がいるだろう。しかし――。

「よかった、かかった」

小戸森さんのほっとしたような声が聞こえた。

――信じるほうも信じるほうだよ……。

呆れると同時に、そのあまりの無垢さに胸がきゅうっとなった。

「よしっ、じゃあ……三つ命令をしまーす」

どきっとした。いったいなにをさせられるのだろうか。

催眠術は、行為させることはできるが心を書きかえることはできない、という話を聞いたことがある。被験者を恋人のように振る舞わせることはできても、惚れさせることはできない、といった具合だ。だから僕の意志に反して小戸森さんのしもべにされてしまうということはないはずだ。

——まあ、そもそもかかってないんだけど。

でも、たとえば。

——小戸森さんの靴をなめさせられたりして、その証拠写真を撮られたら……。それをネタにして強請《ゆす》られたら。脅されて弱気になった僕の心に魔法をかけられ、しもべにされてしまうかもしれない。

——いや、ないな。

小戸森さんがひとの弱みにつけこむなんて考えられない。ならいったいどんな命令をしてくるのか。頭脳明晰な彼女の考えることだ、僕が思いもつかないような命令でしもべ根性を植えつけられるかもしれない。

「じゃあ、まずひとつ目の命令」

小戸森さんの嬉しそうな声がした。僕は身体を強ばらせる。

「ひとつ目の命令は——ええと……、んー、どうしよう？」

——ノープラン⁉

思わず声が出そうになった。

「ひとつ目は……、そうだなー。じゃあ、ちゃんと催眠術がかかっているか確認するために……園生くんにラップで自己紹介してもらおうかな」

——なぜ。

「園生くんって絶対ラップとかやらなそうだし。でもちゃんと催眠術にかかってるならやってくれるはずだよね」

——なるほど。

納得だ。たしかに僕はラップをたしなまない。だからふわっとした知識しかない。

——ど、どうすればいい？　韻を踏んだり「ＹＯ」とか言ったりすればいい……？

あと、それっぽい単語を適当に突っこめば……。

「はい、じゃあラップ、お願いします！」

小戸森さんはパンと手を叩いた。

——ままよっ。

僕は左手を握って口に近づけ（マイクを持っているつもり）、右手は、なんか指がつったみたいな変な形にしてぶらぶらさせた。

「よ、ヨー、ヨー。俺はＤＪ・園生、そのっ……、心に燃えてる、炎。おばあちゃんちのお香……？　こっ、工事現場の土嚢《どのう》……どっぼっ……！」

これはラップではない。ただの駄洒落だ。あと自己紹介になっていない。まずＤＪ

というのが嘘だ。

まさかここまで低クオリティになるとは思わなかった。完全にラップをなめていた。

「あははははははははははは!!　あはっ、あはははははははは!!」

小戸森さんが爆笑している。

――いっそ殺してくれ……。

僕は羞恥に震えた。

ひとしきり笑った小戸森さんは信じられないことを言った。

「いやー……、いい動画が撮れた」

――いっそ殺してくれぇ……!

僕は人生のなかでも有数の絶望感を味わった。

――だ、駄目だ、気持ちを強く持たないと……。

心に隙ができれば魔法をかけられてしまう。

「さあ、じゃあ、ふたつ目の命令は……どうしようかな」

機嫌のよさそうな声で「んー」とか「そうだなー」などとつぶやいている。

「あ」

その声がぷつんと途切れた。

沈黙。トネリコの木がさわさわと揺れる音だけが聞こえる。

小戸森さんが大きく息を吸って、吐いた。緊張感が伝わってくる。

「大事なことを聞くけど」

張りつめた声。

――なにを聞かれるんだろう……。

僕も緊張する。

「園生くん、わたし以外に仲のいい女の子はいる？」

「……いいえ」

僕がそう答えると、「ほおぉ……」と大きなため息が聞こえた。

――え？　な、なに？　呆れられた？　しもべにしようとしている僕に甲斐性がなくて呆れられた……!?

「そっか……、よかった……」

虚脱したような、気の抜けた声で言う小戸森さん。

しもべにするのであれば誰かほかの人間に心を奪われていてはいけない、ということだろうか。

――でも、さっきのため息は……？

彼女の反応の解釈に思考を巡らせていると、小戸森さんの立ちあがる気配がした。

その気配が離れていく。

――え？　ちょ、ちょっと。放置？

術の強度を計るテストだろうか。だとしたら目を開けるのはまずいか……？

あまりの心細さにいよいよ目を開けてしまおうとした瞬間、たったった、と駆けよってくる足音が聞こえた。

「三つ目、忘れてた」

息を弾ませた小戸森さんの声。

いよいよ核心である。前ふたつはノープランだったが、そもそも催眠術をかけたのにはなんらかの勝算があったからだろうし、三つ命令をすると宣言したからにはこの三つ目が本来の目的であると見て間違いないだろう。

心臓が激しく鼓動する。

「じゃあ、命令」

気づかれないようにつばを飲みこむ。

「ＬＩＮＥのＩＤを教えて」

「……ん？」

思わず声を出してしまった。

――『ＬＩＮＥのＩＤを教えて』？　というのは、ＬＩＮＥのＩＤを教えてということだろうか？

僕は意味のない反芻《はんすう》をしてしまう。

「あれ？　聞こえなかった？　ＬＩＮＥのＩＤを教えて」

――『ＬＩＮＥのＩＤを教えて』というのは、そのままＬＩＮＥのＩＤを教えてという意味でいいんだろうか……？

僕は薄目を開け、おそるおそるポケットからスマホをとりだした。すると小戸森さんはスマホを操作して、画面をこちらに向けた。

画面にはＩＤ交換用のＱＲコードが表示されている。やはりそのままの意味だったらしい。

薄目で視界がせまいのと、久しぶりにアプリを操作したせいでもたもたしながらも、僕はなんとかＱＲコードを読みこんだ。

フレンド欄に『小戸森』の文字が追加される。僕は思わずにやにやしそうになったが、

「えへへ、やった……！」

と、僕より嬉しそうな声が聞こえてきてそちらのほうに気をとられ、表情を崩さずに済んだ。

小戸森さんの顔が見たい。でも目を全開にするわけにはいかない。

――でも、なんでそんなに喜ぶんだろう？　小戸森さんなら、いろんなひととやり

とりしているのでは……？

「聞いてよ、園生くん。あ、これは命令じゃないけど」

　いつもよりテンション高めの声で言う。

「みんな全然わたしのＩＤを聞いてくれないんだよ⁉　ひどくない？　で、やっと何人かの友達とＩＤを交換したんだけど、全然メッセージ送ってくれないの。こっちから送っても返事が素っ気ないし……もう！　なんでだろ！」

　僕が催眠状態だと思って、思いの丈をぶちまける小戸森さん。

――それは多分、高嶺の花の小戸森さんに尻込みしてしまうからだと思う。

　僕のＳＮＳ不全とはまったく事情が違う。

――それにしても……。

　彼女の口調や声の調子がいやに子供っぽい。

――ふだんは大人っぽい小戸森さんも、家ではこんな感じなのかな……。

　彼女のプライベートな部分に触れたような気がして胸が高鳴った。

「じゃあ、いま言ったことは忘れて」

「三、二、一、はい！」

　薄目の視界に親指と中指をくっつけた小戸森さんの手が入りこんでくる。

　ぱちん、と指が弾かれた。

僕はまぶたを開いた。目の前にはすまし顔の小戸森さん。

この顔がさっきまで子供っぽく喜んだりむくれたりしていたのかと思うと、嘘をついていることがバレたとしても目を開けるべきだったと激しく後悔した。

「じゃあね」

彼女は手を振って去っていった。

「あ、うん、じゃあ」

小戸森さんの背中を見送りながら、僕は考えていた。

──なんで催眠術、というか催眠魔法にかからなかったんだろう……？

制服の内ポケットをまさぐって、あるものをとりだした。

──まさか、これのおかげ？

それは子供のころ、おじいちゃんからもらったお守りだった。

アミュレットは直訳すれば『お守り』という意味らしいから、もしかしたらこれが守ってくれたのかもしれない。

──でもこれ、交通安全のお守りなんだけどな……。

小戸森さんの魔法は換気だけでなく交通安全のお守りにさえ敗れてしまうのか。

僕は苦笑いをした。

◇

帰宅後、僕はスマホを常に視界の端に置いた。ご飯を食べるときはテーブルに、テレビを見るときはソファの肘掛けに、お風呂に入るときはドアの磨りガラスの向こうに。

なのにメッセージは送られてこない。勉強をしていても気が気でない。

──駄目だ。集中できない。

僕はシャープペンを放りだしてスマホに持ちかえた。

でも催眠術をかけられているあいだのことは忘れている設定だから、こちらからメッセージを送るのもおかしい。

少し考えたあと、僕はアプリストアで『滑らせ！　フリック塾』を再ダウンロードし、練習を開始した。

いずれ交わすかもしれない彼女とのやりとりが、僕のせいで途切れないように。

今度は挫折する気がしない。

第四話　好きだって気づいてよ

「じゃあな、園生」

「うん、じゃあね」

放課後、教室でクラスメイトと挨拶を交わした。

今日も小戸森さんといつもの石垣で会う予定だ。あの場所は彼女曰く『垣根』、つまりあの世とこの世の境だからクラスメイトと鉢合わせすることはない。

でも道中はそのかぎりではない。小戸森さんと一緒に教室を出れば、よからぬ噂がたつかもしれない。だからたっぷり時間を置いてから教室を出なければならないのだ。

クラスメイトが教室を出ていったのを確認してから、僕は鞄をつかんで立ちあがった。

五月も下旬に入って日が長くなったとはいえ、おしゃべりに費やせる時間は長くはない。気持ちが急《せ》き、鞄を小戸森さんの机に引っかけて倒しそうになった。

「危なっ」

とっさに机を支えて事なきを得たものの、その拍子に物入れからクリアファイルが飛び出して床に落ちた。

——忘れ物？

小戸森さんでも忘れ物をするんだな、と微笑ましく思いながらファイルを拾う。

『Sプロジェクト』

クリアファイルにはさまれたルーズリーフの用紙、その一行目に書いてあった。

まるでフォントのように整った文字だった。読むべきではないとすぐに目をそらしたが、一瞬だけ視界に入った文字列が、まるで写真のように僕の脳裏に焼きついた。

『▼Sを虜にする方法』

思わずルーズリーフに目をもどした。その下に書かれた文章に目が吸いこまれる。

『・魔法をかける

　しかし魔法で操っては意味がない。

　魔法はあくまで補助にとどめ、SをKに惚れさせなければならない。

　Kの好意をSに気づかせる（暗に）↓気づかない、鈍い』

——なんだ、これ。

どこか不穏さを感じさせる内容。

僕はクリアファイルを鞄に入れて、学校裏の石垣に向かった。

◇

小戸森さんはいつものように石垣に座って――いなかった。

その場所に座っていたのは、猫だった。

真っ白な、ふわふわの、とても美しい猫。だから一瞬、小戸森さんが猫に化けたのかと思ったのだが、そういうわけではないらしい。

小戸森さんは猫の前に立っていた。腰を低くして、猫と視線の高さを合わせている。

そして――。

「なんなんにゃにゃ～ん？　ななんにゃんなにゃー？」

鳴いた。

小戸森さんが。

両手を招き猫みたいにして、文字どおり招くみたいに交互に動かしている。

――あ、ああ……。

僕は手で顔を覆った。

――なんだ、あのかわいい生き物……！

もちろん小戸森さんのことである。

――でも小戸森さん……。

彼女は必死にご機嫌をとろうとするのだが、すればするほど猫は毛を逆立てて警戒心を強くしていく。

——あんなに頑張ってるのに、すごい「フーッ」って言われてる……。

猫といえば魔女が使役する使い魔のイメージが強い。ジ○リ映画の魔女も猫を従者にしていた。なかには気の合わない猫もいるだろうけど、あそこまでガチギレされるのは魔女としてまずいのではないだろうか。

小戸森さんは招き猫の手を人間の手にもどして白猫に差しだした。

猫はぴょんと飛びすさり、さらに背中の毛を逆立てて、

「フカーッ!!」

と威嚇する。

「モフモフ……」

うわごとのようにつぶやき、小戸森さんは差しだした両腕をぶらりと下げた。そして足元に置いていた鞄に手を伸ばす。

モフモフはあきらめたらしい——と思いきや、彼女は鞄のなかからあるものをとりだした。

それは猫缶だった。遠目だからよく分からないがあの黒いパッケージは多分、高級なやつだ。

プルタブを引っぱって、ぱきっと缶を開く。

猫がぴくりと動いた。

そろりそろりと猫缶を石垣の上に置く。まるで殿様に地方の名物を献上する家臣のようなうやうやしさだった。

遠巻きに見ていた猫は少し近づいては立ち止まり、を繰りかえしながら、やっと猫缶にたどり着き、口をつけた。ときおり、ちらっ、ちらっと小戸森さんに目を向けながら缶詰のエサを食べる。

猫がエサを食べ終わると、小戸森さんは満を持してモフモフすべく手を伸ばした。

「ハーッ‼」

猫の威嚇はもう「フーッ！」を通り越して「ハーッ‼」になっていた。

小戸森さんはびくりとなって手を引っこめた。そして肩を落とし、鞄に手を伸ばす。

今度はあきらめたらしい――と思いきや、彼女はまた鞄からなにかをとりだした。

それはチーズに見えた。アメリカのアニメで見るような穴あきのチーズだ。しかし
それはどうやらプラスチック製であり、本物ではないらしい。

小戸森さんは偽チーズを石垣に置いた。すると――。

チーズの穴から、ぴょこ、と小さなネズミが飛び出した。

一度だけではない、数個ある穴から色とりどりのネズミが飛び出しては引っこみ、飛び出しては引っこみしている。

それは猫用のおもちゃだった。猫は最初、背中を丸めて警戒していたが、慣れてきたのか飛び出してくるネズミに鼻を近づけたり手を伸ばしたりしはじめた。

その愛らしい仕草に顔をほころばせる小戸森さん——の愛らしさに僕は顔をほころばせる。

しかし、小戸森さんの表情は徐々に曇っていく。

猫はネズミに対してパンチをしはじめた。通称『猫パンチ』と呼ばれる、あれである。ネズミが飛び出すたび、
パァン！

と音がするほどの威力でパンチを繰りだす。

ついにおもちゃがひっくり返る。しかし猫は攻撃の手をゆるめない。

パァン、パァン、パァン！

今度は連打である。ジャブ、ジャブ、ストレートのコンビネーション。

猫はチーズの穴に鼻を突っこんだ。と、そのタイミングでネズミが飛び出して、びっくりした猫は、
バァン！

と、最大威力の猫パンチをお見舞いした。

チーズのおもちゃは吹っ飛んで、腰を低くして眺めていた小戸森さんの顔をかすめ

てコンクリートの地面に落ちた。

その衝撃で色とりどりのネズミが地面に投げだされる。

小戸森さんは地面のおもちゃを見て、そして猫を見た。

「フシャーッ！」

猫は今日一番のキレっぷりを見せた。

小戸森さんはしゅんとした様子で吹っ飛んだおもちゃを回収し、鞄に入れた。そしてファスナーを閉める。もう鞄からなにかをとりだす気はないようだった。

さすがにもうあきらめたらしい――と思いきや、小戸森さんは妙な動作をした。

猫をじっと見つめる。そして目をつむり、ふいっと顔をそらす。

しかるのち再び猫を凝視して、目を閉じて、顔をそらす。

それを繰りかえす。

――これ、知ってる。

この動作をすると猫の警戒心が薄れるのだそうだ。猫同士の挨拶に似ているので「仲間かな？」と思うらしい。

小戸森さんはその動作をしつこく繰りかえす。

見る。目をつむる。顔をそらす。

見る。目をつむる。顔をそらす。

つぎに目を開いたとき、猫は消え失せていた。小戸森さんが目をつむっているあいだに猛スピードで逃げたのだ。

腰を低くしていた小戸森さんは背筋を伸ばして天を仰いだ。目をぱちぱちし、鼻をすすっている。涙を堪えているのだろうか。

——ああ……。

かわいそうやら愛おしいやらで、僕はぷるぷる震えた。

「あ」

そのとき理解した。さっきのファイル。その意味を。

小戸森さんに歩み寄る。僕に気づいた彼女はぎょっとし、慌てて目をこすった。

盗み見していたことがバレてしまうが、仕方ない。そんなことより彼女に言いたいことがある。

驚く彼女の前に立ち、僕は鞄からクリアファイルをとりだした。

「これ」

それを見るや、小戸森さんははっと息を飲んだ。

「そそ、それ……！」

急速に顔が赤くなっていく。

「忘れ——」

もの、と言い終わる前にふんだくられる。

小戸森さんはクリアファイルを胸に抱いた。

「よ、読んだの？」

「少しね」

彼女は酸欠の金魚みたいに目を丸くして口をぱくぱくさせた。

しかし言葉は出てこない。あきらめたようにがくりとうなだれる。

しばらくそうしたあと、ようやく顔を上げた小戸森さんの表情は、戦いにでも赴くかのような真剣なものだった。

「そう、ここに書いてあるとおり、Sというのは園」

「そんなに猫が好きだったなんてね」

小戸森さんと僕の言葉が重なった。

「えっ」

「ん？」

小戸森さんはニワトリみたいに顔を突きだした。

「え、猫？」

「そう、猫。好きなんだね」

小戸森さんはぽかんとしている。僕はクリアファイルを指さした。

「だってそれ……、猫に好かれるための計画でしょ？」

小戸森さんは眉間にしわを寄せ、クリアファイルをしげしげと見た。

「魔法で心を操らずにふつうに好かれなきゃならない、だっけ？　すごく律儀っていうか……素敵、だと思うよ。その考え方」

ちょっと臭いセリフだったろうか。多分、僕の顔は小戸森さんより赤くなっていることだろう。

小戸森さんは目をしばたたかせている。

「え、違うの？　Kは小戸森さんで、Sは『白猫』のSでしょ？」

小戸森さんはフリーズした。表情は消え、目は点になっている。

今度は僕が眉間にしわを寄せる番だった。

「小戸森さん……？」

「そーなの!!」

突然の大音声に僕はびくりとなった。

「Sは白猫のSなのでしたー！」

――『なのでした』？

日常会話ではなかなかお目にかかれない語尾に僕は困惑した。

「わたしSが大好きなのになにをやってもSはわたしの好意に気づいてくれないから

計画を練って書面にしたの！」

小戸森さんは一息で言いきると「はあ、はあ」と苦しそうに呼吸した。

――今日の小戸森さんは声が出てるなあ。

本当に猫が好きなんだな、と僕は思った。

「だったらさ、ふたりで考えたほうがいいアイデアが出ると思うよ。ちょっとそれ」

ルーズリーフを見せてもらおうと手を伸ばす。

「ふぁっ⁉」

小戸森さんは必死の形相で僕の手をかわした。

「いや、ちょっと見せてもらうだけ」

「それはできません‼」

敬語で拒否された。

「大丈夫だよ、馬鹿にしたりしないから」

と、また手を伸ばすと、小戸森さんは弾かれたように後じさり、クリアファイルからルーズリーフを抜きだして――。

ビリビリと引き裂いた。まるでシュレッダーのように細かく、細かく。

――ええ……？

そして細切れにされたルーズリーフをばらまく――わけではなく、ぎゅっと握り固めて、鞄からとりだしたチョークで地面に五芒星のペンタクルを描き、その中心に置いた。

そして両腕を空に向かって捧げるように伸ばす。

「夏の精霊よ、火の精霊よ、こちらを向きたまえ。我の呼びかけに応じ、この円に力をそそぎたまえ」

手をペンタクルに向けて突きだす。

「地獄の業火《フレイムタン》!!」

「地獄の業火《フレイムタン》⁉」

その瞬間、ペンタクルから天ぷら火災みたいな炎が吹きあがった。

赤々とした炎の色に染められて、肩で息をする小戸森さん。

──いままでで一番魔女っぽい……。

僕は呆然として立ち尽くした。

やがて徐々に炎が弱まり、すっかり消えた。ルーズリーフは跡形もなくなり、煤《すす》さえ残っていない。

小戸森さんは鞄をつかみあげ、僕に言った。

「今日のことは忘れて」

──無理。

こんなインパクトのある出来事、忘れようとするたび鮮明に思い出してしまうだろう。

小戸森さんは疲れたような足どりで石垣をあとにした。

――地獄の業火を呼び出すほど見られたくなかったのか。

「そんなに恥ずかしいことかなあ……？」

僕は首をひねる。

石垣に腰かけると、そばでミャーオと声がした。

さっきの白猫が横に座って僕を見あげている。

「小戸森さんは君のことが好きなんだって。気づいてあげてよ」

猫はあくびするみたいな顔でミャーオと鳴いた。

第五話　あまごい

「もうそんな時期か」

　僕はつぶやいて立ち止まった。

　ミルクパーラーの店先に従業員が丸テーブルとイスを設置している。

　この『ミルクパーラー林田』は地元の林田牧場直営で、新鮮な牛乳や、その牛乳を使ったチーズなどの乳製品を販売しており、味のよさから他県でもちょっと知られている店だ。

　夏の日中のみ、店先はオープンカフェの様相を呈する。休日にはそこで買い物帰りの親子連れがソフトクリームに舌鼓を打つ姿をよく見かける。

　僕は子供のころから「日本の夏といえばかき氷、それも宇治金時こそ至高」と思っているのでソフトクリームはあまり食べたことはないが、それでも、夏の到来を告げられているようで気分がうきうきした。

　――でも……。

　傘を傾けて空を見る。

　せっかくのオープンカフェ初日だというのに空はどんより曇っていて、ぱらぱらと雨が降っていた。

――お客さんは来ないだろうな。

僕は登校を再開した。

この雨は多分、いや間違いなく、小戸森さんのせいである。

「今週は絶好のお洗濯日和です」

週のはじめ、テレビで気象予報士のお姉さんがそう言いきっていた。週間予報にも傘どころか雲のマークすらなかった。お姉さんの言ったとおり、月曜日は一日中、雲ひとつない快晴だった。

でもその日の放課後、僕は見てしまったのだ。

小戸森さんが雨乞いしているのを。

小戸森さんとの『放課後の密会』を終えた帰り道、母から『ドラッグストアに寄っていつもの乳液を買ってきてほしい』とメッセージを受けた。しかし男子高校生が母親の使っている乳液の銘柄を把握しているわけもなく、どこのメーカーのなんという商品かを聞きだそうとしたのだが、僕も母もスマホの入力が遅いから結構な時間が過ぎてしまった。

やっとお目当ての乳液の銘柄を聞きだして、やれやれとなんとなく空を仰ぎ見る。

空に向かって一筋の白い煙が立ちのぼっていた。出所は密会の場所、つまり石垣の近辺のようだ。

不審に思ってもどってみると、トネリコの木々でちょっとした林になっている場所の真ん中に小戸森さんが立っていた。その足元では木の枝が社のように組まれており、炎をあげ、ぱちぱちと爆ぜている。煙の出所はそこだった。

僕は木の陰に隠れて様子をうかがう。

小戸森さんは腕を伸ばし、炎の上で指をこすりあわせた。するとそこから粉がぱらぱらと落ちて、炎が大きく吹きあがった。煙もよりいっそう濃くなる。

彼女がなにかつぶやいている。

「流浪の神、嵐の神、オーディンよ。呼びかけに応じ、空を涙の雲で覆いたまえ」

彼女はそう言ってからちょっと首を傾げるような仕草をして、付け足した。

「明日の十五時から十七時くらいのあいだ、降水量は一ミリくらいで」

――なにその控えめな雨乞い。

多分オーディンも「え？」って言っていると思う。

ある国で干ばつが起きたとき、世界中から雨乞い師を集めて祈祷させたら未曽有の大水害が起きた、というまるで戒め系のおとぎ話みたいなことが実際にあったというから、気を遣ったのかもしれない。

小戸森さんが薄笑いを浮かべて、なにやらぼそぼそ言っている。僕は耳をそばだてた。

「園生くん……、園生くん……、うふふ……」

背筋が冷たくなった。

この雨乞いも、僕をしもべにするための下準備らしい。

そして今日、実際に雨が降った。

十五時～十七時ではなく、早朝からだが。

小戸森さんの魔法は、また失敗したようだ。

本日最後の授業中、横目で窓の外を眺めた。雨は休むことなく降りつづいている。

僕は音がしないように気をつけながら大きなため息をついた。

雨の日は憂鬱だ。『空が泣いているようだ』なんて感傷的な気分になるわけでも、低気圧のせいで体調が悪くなるわけでもない。

小戸森さんとの放課後の密会を中止せざるを得なくなるからだ。

——やみそうにないな。

十五時～十七時といえば恒例の密会を行う時間帯だ。わざわざそこを指定したのはどういう意図があるのだろう。

——もう僕と会うのがいやになったのかな……。

あ、駄目だ、ちょっと泣きそう。

僕はもう一度、静かなため息をついた。


未練がましく図書室で時間を潰してみたが、雨がやむことはなかった。玄関の庇《ひさし》の下から恨むような目を空に向ける。

そのときである。視界の端に人影が入ってきた。

小戸森さんだった。彼女は僕の隣に立ち、空を見あげる。分厚い雲が垂れこめて灰色に染められた世界で、小戸森さんの夏服の白が目にまぶしい。

「園生くん」

「な、なに？」

嫌われてしまったのかもしれないと不安になっていた僕は返事をつっかえた。

小戸森さんは右肩にバッグをさげ、左手に傘を持っていた。ブラウンが基調の、落ちついた色合いの傘だ。大人っぽい彼女によく似合っている。

その傘を少し持ちあげて、彼女は言った。

「わたしの傘に……入る？」

「？　いや、自分の傘があるし……」

僕はパン！　と傘を開いた。

「ですよねー」

小戸森さんはなぜか敬語で言った。

「朝から雨だもん、みんな傘持ってますよね、ふふっ」

と、自虐的な表情を浮かべる。そして傘を開いて、

「つぎ」

とつぶやき、そそくさと庇の下から出ていった。

——……なんだ？

よく分からないが、つぎがあるらしい。

それはつまり、まだまだちょっかいをかけてくるつもりがあるということで。

——よかった、嫌われてなかった。

それだけで、どんよりとしていた僕の気持ちは快晴になった。

つぎの日の放課後も雨だった。でも今日は昼頃までは快晴だったから、多くの生徒たちがジャージの上着やバッグを傘の代わりにして玄関から駆けだしていく姿が見られた。

僕は庇の下から空を見あげていた。

そのかたわらに小戸森さんがやってきて、僕を見た——というより、僕の手を見た。バッグしか持っていない僕の手を。そして「してやったり」といった感じで口角を上げた。

小戸森さんはブラウンの傘を少し持ちあげて言う。

「わたしの傘に入る？」

僕はバッグのなかから折りたたみ傘をとりだして広げた。

「大丈夫、念のために持ってきてたから」

「なんで⁉」

小戸森さんは目を見開いて大声をあげた。

「い、いや、だから念のためって」

僕がそう言うと、いやいやをするみたいに首を振る。

「意味が分からない……」

「え、嘘？　傘を持ってきただけだよ……？」

小戸森さんは顎に指を当て、難しい顔でぶつぶつ言っている。なにやら思案しているようだ。

——なにがそんなに分かんないんだろう……。

「あの……小戸森さん？」

「あ、そうか、わたしのじゃなくて園生くんのに……」

いいアイデアを思いついたのだろう、彼女は不敵に微笑んだ。

「じゃあ、また明日」

そう言って傘を開くと、庇の下から意気揚々と出ていった。

「また、明日……」

僕の声は彼女の背中には届かなかった。


その翌日も昼頃から雨だった。

僕は玄関の庇の下から空を仰いだ。

もうほとんどお決まりのように、小戸森さんがかたわらに立つ。

小戸森さんは小首を傾げるように僕を見て言った。

「今日、傘忘れちゃった。よかったら園生くんの傘に――」

「僕も今日は持ってこなかった」

「なんで⁉」

そばで大声を出すものだから耳がキーンとした。

「乾かなかったから……。鞄が濡れるし……」

それにそろそろ魔法も切れるころじゃないかと思ったのだ。本音を言えば、切れてほしかった。結局、思いは届かなかったけど。

「ビニール袋に入れればいいでしょっ」

「なんかほら、カビそうじゃない？」

小戸森さんはぽかんとした。冷凍のさんまみたいな目になっている。

「なんなの……」

――いや、僕が言いたい。

小戸森さんは幽鬼のようにゆらりと学校のなかへもどっていく。

「か、帰らないの？」

「気力が回復したら……帰る……」

そして薄暗い校舎の奥へ消えた。

――ええ……？

ひどい打ちひしがれようだった。

僕がなにかしてしまったのだろうか？　いや、なにもしていない。それとも、なにもしなかったことが問題なのか。

「あ」

――もしかして……。

「相合い傘をしようと……？」

小戸森さんの行動を振りかえると、そうとしか思えない。彼女はしつこく『どちらか一方しか傘を持っていないシチュエーション』を作ろうとしていた。

――相合い傘かぁ……。

それは非常にまずい。

雨音に包まれて、ふたりの息づかいしか聞こえない傘の下。密着する肩。甘い匂い。雨に濡れて肌に張りつく制服……。

――耐えられるはずがない。

確実に心に隙ができて魔法をかけられてしまう。なんだかよく分からないうちに回避できたのは幸運だった。

やがて雨があがり、雲の隙間から日が差しこんだ。雨乞いの魔法が解けて、本来の天気にもどったらしい。

小戸森さんの魔法を回避できた。天気もよくなった。

なのに僕の気持ちは逆に曇っていく。

魔法は回避しなければならない。でも、小戸森さんのつらそうな表情を見たくはない。

僕は学校のなかに引きかえした。

馬鹿なことをやってるなあ、と思う。わざわざリスクをとりに行くなんて。

でもやっぱり僕は、彼女の笑顔が見たい。

教室に入る。

小戸森さんが窓際の席で頬杖をつき、窓の外を眺めていた。西日に目を細めた表情が物憂げにも見える。

「小戸森さん」

返事はない。返事をする気力もないといった様子だった。

「小戸森さん」

もう一度呼びかけると、彼女は長い髪を耳にかけ、

「なに？」

と少し眠たいような声で返事をした。

「ソフトクリーム、おごってあげるから食べに行かない？」

「え、行く」

即答だった。目がぱっちり開いてきらきらしている。よほど甘いものが好きらしい。

「あ」

小戸森さんは「しまった」というような顔をしてうつむいた。

「行こう」

僕がそう言うと、小戸森さんはちょっと照れくさそうな表情をして立ちあがった。

◇

夕方ということもあってか、ミルクパーラー林田のオープンカフェには僕たち以外に一組の客しかいなかった。

ソフトクリームを両手にひとつずつ持って、僕は小戸森さんが待つ席にもどった。

「はい、どうぞ」

「ありがとう」

ソフトクリームを受けとった彼女は、でもまだ少しだけ元気がないように見える。

「ちょっと持ってて」

僕の分のソフトクリームを小戸森さんに手渡し、テーブルの中央にあるそれに手をかけた。

小戸森さんが怪訝な顔をする。

「大丈夫、ちゃんと許可をとったから」

僕はそれを広げた。

ソフトクリームを受けとり、イスに腰を下ろす。そして小戸森さんに話しかけた。

「食べないの？」

「……いただきます」

彼女は伏し目がちにソフトクリームを口にする。

僕は上に広がるそれ――パラソルを見ながら言った。

「これ、まるで相合い傘だね」

小戸森さんがソフトクリームに口をつけたまま固まった。目が大きく見開かれている。溶けたソフトクリームが垂れて、コーンを伝って手を汚している。彼女はそれでも動かなかった。

「あ、ごめん。変なことしちゃったね……」

僕はただ彼女に笑ってほしかっただけだ。困らせてしまっては元も子もない。

閉じようと立ちあがって、パラソルに手を伸ばす。

シャツの脇腹のあたりを引っぱられる感覚があって、目を落とした。

小戸森さんが僕のシャツをつまんで引っぱっていた。

彼女の顔は西日よりも赤々として、目はほとんど泣いているみたいに潤んでいた。

そして必死に、搾りだすような声で言う。

「べつに……このままでいい……」

僕はその顔に目が釘付けになる。

気がつくと、僕の手にも溶けたソフトクリームが垂れていた。

「う、うん……」

やっと返事をし、僕は手の甲に伝う白い筋をぺろりとなめた。

——甘《あま》っ。

日本の夏といえばかき氷、それも宇治金時こそ至高。その気持ちは変わっていない。

でも、ほんの少しだけ、

——ソフトクリームもいいかもな。

そう思った。

閑話一　ネコと和解せよ

ある日の放課後、いつもの石垣で、小戸森さんが白猫と言い争いをしていた。

「ちょっと一回モフモフさせてって言ってるだけなのに！」

「フー……！」

「なにがそんなに嫌なの？　ねえ、なんで？」

「フー!!」

「なんなの……！」

——なにやってるんだろう……。

しかもなんでちょっと押され気味なのか。

あの、と僕が声をかけると、小戸森さんが返事をするより先に猫が足元に近寄ってきて、ミャーオと文字どおり猫なで声をあげた。

小戸森さんが手のひらをこちらに向けた。

「動かないで。園生くんに甘えているあいだに、隙を見てモフモフするから……！」

白猫の死角に回ると、腰を低くして腕を伸ばし、そろりそろりと近づく。

あと十センチで指先が猫の背中に届く——その瞬間、白猫はしなやかに跳躍して石垣に乗り、小戸森さんを威嚇した。

「ファー!!」

「なんなの！」

地団駄を踏んで悔しがる。

「なに『ファー!!』って！　キャディさんなの？　ねえ、あなたはキャディさんなの？」

「ファー!!」

「決めた！　今日からあなたの名前はキャディさん！」

「ミャーオ！」

「そこはファーでしょ!!」

白猫、改めキャディさんは林の奥へと駆けていった。

「どうして……」

小戸森さんはがくりと膝から崩れ落ちた。そして涙声で言う。

「どうしてこんなに嫌われるの……」

魔法を失敗したときだってここまで落ちこんだことはない。僕は不憫になって、その帰りに図書館へ赴き、猫に好かれるための方法を調べた。

すると小戸森さんが猫に嫌われる理由が見えてきた。どうやら猫はアロマやハーブの匂いが苦手らしいのだ。小戸森さんは日常的にハーブを扱っている。衣服などに染みついたその匂いがキャディさんをいら立たせているのではないか。なら、匂いを変えればいい。そしたらきっとキャディさんと和解できるはずだ。

そして今日、僕はその知識を携えて学校裏の石垣に向かっていた。

――小戸森さん、喜んでくれるかな……？

僕はほとんど小走りになっていた。駆け寄る僕を見て、石垣に座っていた小戸森さんは小首を傾げた。

「どうしたの急いで？」

僕は少しあがった息を整えてから言った。

「匂いが大事なんだ」

「……うん？」

「好きな匂いがあるんだよ」

小戸森さんはきょとんとしている。言葉足らずだったたか。

「小戸森さんの匂いを変えてみようって話」

「わたしの匂い……？　――あ」

急にそわそわしだす。顔をうつむけ、はにかむような表情でこちらをちらちら見る。

「わ、わたしにつけてほしい匂いがあるの？」

「つけてほしいのかな……？　でもつけたら多分、喜ぶと思う」

「匂いにこだわりがあったなんて、ちょっと意外だな」

「結構、嗅覚が敏感なんだよ」

本によると猫の嗅覚は、犬ほどではないが人間よりもずっと鋭敏なのだそうだ。

小戸森さんが上目遣いで僕を見て、おずおずと尋ねる。

「そ、それで、どんな匂いが好きなの？」

「鰹節かな」

「そうなんだ鰹節――鰹節!?」

ぎょっとした顔で僕を見た。

「鰹節の匂いが好きなの……？」

「無難なところだけどね」

「無難かな……」

「あと青魚」

「青魚!?」

「無難だけどね」

「無難がなんなのか分からなくなってきた……」

どうしてそんなに驚いているんだろう。猫が魚を好きなのはふつうのことだと思うけど……。

いや、そうか、いくらキャディさんに好かれるためとはいえ、魚の臭いを身体につけるのに抵抗があるのか。

合点がいった僕はべつの提案をする。

「じゃあチーズとか」

「ねえ、お腹減ってるの？」

今度は一転、心配そうな顔になる。あんなに喧嘩していたのに、やはりキャディさんのことを大事に思っているらしい。

――優しいな……。

だから好きなんだけど。

「本能が求めるんじゃないかな」

「そこまで好きだったなんて……」

「あと、加齢臭とか」

「急にどうしたの⁉」

「ね、意外だよね――って、どうかした？」

小戸森さんが拳を口に当てて考えこんでいる。いままで見たこともないような難しい顔だ。

そして重々しく頷くと、

「その……さすがに魚の臭いは他のひとに迷惑がかかるし、加齢臭は……いますぐにはちょっと無理だから、消去法で申し訳ないんだけど、チーズでいいかな？」

と、真剣な目で僕を見た。

「うん、いいんじゃない？」

「軽～い……」

「でも強い匂いが気になるなら、やっぱりマタタビが一番かな」

「マタタビ!?　そんな、猫じゃあるまいし……」

「？　猫だけど」

「え？」

「え？」

僕らは眉をひそめて顔を見合わせた。

「猫なの？　園生くんが？」

「僕が？　いや、キャディさんが」

「……」

「小戸森さん？」

「キャディさんね!!」

突然の大音声に僕はびくんとなった。

「キャディさんが好きな匂いをわたしがつけるわけね！　好かれるためにね！」

「そうだけど……、え、もしかしてなにか勘違い――」

「滅相もございません！」

「滅相って……」

「じゃあわたしはチーズなどの準備がありますので！　ごきげんよう！」

「ごきげんよう……」

小戸森さんは妙にぎくしゃくとした大股で石垣をあとにした。

――どうしたんだろう……。

僕の思ってたリアクションとは違ったけど、ともかく役に立てたのだからよしとしよう。

◇

明くる日の放課後、僕と小戸森さんは石垣の手前で合流し、木の陰からいつもふたりで座る場所を盗み見た。そこではキャディさんが寝そべっていて、ときおりぺろぺろと手をなめて顔を洗っている。

「今日は絶対にモフモフする……！」

小戸森さんは決意に満ちた表情で言った。

「最終兵器があるし」

鞄からとりだしたのは緑色の筒。スーパーでよく見かけるパルメザン、つまり粉チーズだ。それを手に振り、お祈りでもするみたいにこすりつけた。

手のひらの匂いを嗅ぐ。

「うっ」

と、仰け反る小戸森さん。つぎに僕のほうに手のひらを突きだす。僭越《せんえつ》ながら匂いを嗅がせてもらう。

「うっ」

と、僕も仰け反った。そしてふたりでほくそ笑む。

「これならいけるね」

小戸森さんはこくりと頷く。

いざ参らんとしたところ、小戸森さんが急に立ち止まった。ぶつかりそうになって僕は慌てて立ち止まる。

「どうしたの？」

「見て」

小声で言って、石垣のほうを指さす。

そこにはキャディさん――と、もう一匹の猫がいた。

大きな黄色い瞳が印象的な黒猫だった。キャディさんはその子と仲よくしたいようで、匂いを嗅いだり、猫パンチでちょっかいをかけたりするのだが、黒猫のほうは迷惑そうに距離をとったり、威嚇の声をあげたりしている。そしてついに走って逃げてしまった。

黒猫が走り去ったほうを見つめ、「ミャア……」と小声でなくキャディさん。なんだかちょっとしゅんとして見える。

「キャディさん、嫌われちゃったね」

僕が言うと、小戸森さんはにっと口角を上げた。

「わたしがその心の隙間に入りこむ……！」

「小戸森さん、悪い顔になってるよ」

僕らは石垣へ向かう。キャディさんがぴんと耳を立ててこちらを見た。

小戸森さんはチーズの匂いが立ちのぼる手を差しだした。

「ほら、キャディさん、チー」

キャディさんは毛を逆立てた。

「ファー!!」

「落ちついて、ほらチー」

「ファー!!」

「ふぁー!!」

「ファー!!」

「ふぁ」

「落ちつくのは小戸森さん！」

キャディさんは林のなかへ逃げていった。

「とりつく島もない……！」

小戸森さんは涙目になっている。

どうしてここまで理不尽に嫌われるんだろう。神も仏もないのか。あれ、魔女が神にすがっちゃダメなんだっけ？　仏はぎりぎりオーケーな気もするけど……。

「まだ分からないよ。今度はべつの匂いを——」

小戸森さんはゆるゆるとかぶりを振った。

「もういいの。多分、相性が悪いんだよ。いろいろ教えてもらったのに、ごめんね」

苦笑のような表情を浮かべる。

そのあと、いつものようにおしゃべりをしていても、小戸森さんはふと寂しげな表情をしたり、それをごまかすみたいに笑顔を作ったりしていた。

胸が苦しくなる。僕が見たいのは、彼女のこんな表情ではない。

帰宅してからも僕は、どうしたら小戸森さんとキャディさんが仲よくなれるのか考えつづけたが、名案が浮かぶことはなかった。

◇

つぎの日、石垣へ行くと、キャディさんが誰かに撫でられ、ごろごろと喉を鳴らしていた。

その人物はうちの女生徒のようだが、顔を見るのははじめてだった。どうやら上級生らしい。ショートカットで、すらりとしていて、喜色満面という形容がぴったりの大きな笑顔でキャディさんを撫でまわしている。

「お？」

彼女はこちらに向かって手を上げた。僕は振りかえる。しかし誰もいない。どうやら僕に向かって手を上げたらしい。怪訝に思いながら近づくと、彼女は言った。

「マーは？」

――まーわ？

初耳の単語である。僕が困っていると、彼女はにかっと笑った。

「あー、ごめんごめん。『マー』は来ないの?」

『マー』を強調して言いなおす。つまり『マー』とはある人物のあだ名らしい。

——でもマーって誰?

戸惑う僕に、彼女は言う。

「ああ、そっか。マーとは呼ばれてないのか。ほら、あれ……小戸森」

「え、小戸森さん?」

「下の名前、『摩葉《まよう》』でしょ? だから『マー』」

納得はいったが、べつの疑問がふくらむ。どうしてこの場所に僕と小戸森さんがやってくることを知っているのか、それと『混野高校の奇跡』、『完全無欠のヒロイン』と称される小戸森さんを気安く『マー』と呼ぶ彼女は誰なのかという疑問だ。

僕の表情を読んだのか、彼女は名を名乗った。

「あー、ごめんごめん。わたしは菱川《ひしかわ》、マーの従姉《いとこ》」

「ああ……」

なるほど。言われてみれば目元の造作が少し似ている気がする。小戸森さんとは違うあけすけな笑顔に隠れて気がつかなかった。従姉ならば、僕と小戸森さんの関係を知っていてもさほど不思議ではない。

菱川さんはキャディさんを見た。

「この子、そうとう人懐っこいね」

「それがそうでもないんですよ。小戸森さんのことが苦手みたいで……」

「いや、好きだよ」

そう言いきる。

「好きだからこそ、素直になれない」

そして悪戯っぽい笑みを浮かべる。僕はなぜか居心地が悪いような気持ちになる。

「でも、猫がそんなふうに考えますか？」

「考える考える。この子はこのあたりのボスで、かなり賢い。人間の言葉だってちゃんと分かってる。魔力が強いんだ」

菱川さんの言う『魔力』は比喩的な意味なのか、それとも文字どおりの意味なのか。従姉だからといって、小戸森さんが魔女であることを知っているとはかぎらないから滅多なことは言えない。

僕が言葉につまっていると、彼女は肩をすくめた。

「なんにせよ、仲よくなりたかったら真摯に向きあうことだよ」

「小戸森さんのほうが一生懸命なのに、僕に懐くんですが……」

菱川さんは「はっはっは」と豪快に笑った。

「だってこの子、メスだもん」

「え、そうなんですか？」

「そうそう。マーとは似たもの同士だからね。同じタイプの男を好《す》k」

そう言いかけた瞬間、彼女の背後に誰かがまるで忍びの者のような身のこなしで現れたかと思うと、口を手で塞いで言葉を遮断した。

忍びの者は小戸森さんだった。全力疾走でもしてきたのか彼女の息は弾んでいた。

「もごー」

「お姉ちゃん、いまなにを口走ろうとしたの？　あと学校でマーって呼ばないで」

お姉ちゃんと呼ばれた彼女はこくこくと頷いた。しかし目元が完全に笑っている。反省はしていないようだ。

「小戸森さん、あの……」

小戸森さんははっと僕を見た。その瞬間、彼女の顔は燃えるように赤くなった。

「な、なんでしょう⁉」

「もう大丈夫？　昨日、ちょっと落ちこんでたみたいだったけど」

「もう全然！　元気元気！」

僕に気をとられて手がゆるんでしまったのか、菱川さんが声をあげた。

「ちょっと聞いてよ園生っち。昨日の夜さ、マーったらべそべそと――」

「いいからお姉ちゃんは黙って！」

「もごー」

再び口を塞がれ、菱川さんはずるずると引きずられていく。彼女は性懲りもなくへらへらした顔でひらひらと手を振った。

ふたりは路地を折れて去っていった。

「嵐みたいだったな……」

――それにしても……。

キャディさんは小戸森さんを嫌っていない。それが本当だとしたら――。

――ちょっと誤解があるだけで、ふたりはいつかきっと仲よくなれる。

「よし」

僕は猫についてのさらなる知識を得るため、図書館へ向かった。

第六話　ガリゴリ君の当たる確率は

「今日は魔法をかけないの？」

僕は小戸森さんに尋ねた。

学校裏の石垣に蝉の声が降りそそいでくる。本格的な夏の到来を告げられているようで気持ちがわくわくする。なのに彼女は浮かない顔だ。

魔法を使おうとしない。それどころか目の焦点は合ってないし、ぽかんと開いた口からは魂が出ていってしまいそうだった。なんだかちょっと埴輪《はにわ》に似ている。

「今日は……そういう気分じゃない……」

――声小っさ……。

ほとんど蝉の声にかき消されてしまっていた。彼女はゾンビのように緩慢な動作で僕のほうを見た。

「かけられたいの？」

「いや、かけられたくはないけど」

「園生くんがなにを言いたいのか分からない……」

「かけられたら困るけど、かける気がないって言われると釈然としないというか」

「じゃあ、はい」

彼女は宙に人差し指で五芒星のペンタクルを描き、指で弾くような仕草をした。

僕はとっさに身構えた。なのにしばらく待ってもなにも起こらない。

「なにがどうなったの？」

「つぎに買うガリゴリ君の当たりの出る確率が二十％上がった」

「微妙っ……」

ガリゴリ君といえば棒が当たりくじになっていることで有名な棒アイスだ。しかしいくら有名とはいえ『ガリゴリ君の当たりの確率を上げる』などというピンポイントな魔法があるのだろうか。しかも二十％だなんて上がり幅も中途半端だ。

——当たりを引いたことがないから、どうせなら百％がいいんだけど……。

小戸森さんは肩を落とす。

「そう、微妙……、わたしの魔法は微妙です……」

「川柳で落ちこまれても……」

いつも失敗しがちな小戸森さんの魔法ではあるが、基本的に一生懸命ではあった。今日はやる気が感じられない。

「もしかして小戸森さん……なんかあった？」

小戸森さんの身体がぴくんとなった。あったらしい。

「話してみてよ。なんか力になれるかもしれないよ」

「でも……」

二文字だけつぶやいて、顔をうつむける。迷っているようだ。

「言いづらいなら聞かないけど。遠慮はしないで。僕と小戸森さんの、な、仲、じゃない」

照れくさくてちょっと噛んでしまった。

小戸森さんはしばらくくちびるをきゅっと結んでいたが、やがてとつとつとだが話してくれた。

「お姉ちゃんが」

小戸森さんが『お姉ちゃん』と呼んでいるのは従姉の菱川さんだ。喧嘩でもしたのだろうか。仲はよさそうだったのに。

「電話をくれない……」

「……ん？」

あまりに深刻そうな顔をしているものだから、修復不能なほどの決別でもしたのかと思ったのだが。

「電話？　かけてきてくれないの？」

小戸森さんは泣きそうな顔で頷いた。

「いつもはこっちからかけたらすぐに折り返してくれるのに、一昨日も昨日も電話をくれないの……」

「ええと……。なにか病気でもしているかもって心配してるってこと？」

小戸森さんは首を横に振った。

「今日、学校で見かけた。なのに、なんか避けられてる気がする……」

菱川さんとは一度しか会っていないが、そんな陰湿なことをするタイプとは思えない。

小戸森さんは言葉をつづける。

「この前、あだ名で呼ぶなってきつく言いすぎたのかも……。それで怒って……」

声がかすかに震えている。

知らぬ間に相手を傷つけてしまったかもしれない。彼女はそれを悩んでいるらしい。よくあることだ。僕にだってある。

でもそれはたいがい思いこみだ。多くの場合、相手はなんとも思っていないし、思っていたとしても謝れば済むていどの話である。

「よしっ」

僕は石垣を飛び降りた。

「じゃあちょっと直接聞いてくる」

「え⁉」

小戸森さんは目を丸くした。

「で、でも」

「ここに座っててても解決しないよ？　でも自分では聞きに行きづらいでしょ？　だから僕が聞いてくるよ」

「でも園生くんは無関係だし、迷惑になるし……」

「事情を聞いて心配になったんだからもう無関係じゃないし、迷惑だなんて思ってないよ。いいよね？」

小戸森さんは少しためらうように黙りこんだあと、注意して見なければ分からないほど小さく頷いた。

「園生くん、意外とエネルギッシュ……」

――小戸森さんも、意外と繊細なんだな。

「じゃあ、ちょっと待ってて」

僕は学校に向かって駆けだした。

◇

「ぜーんぜん怒ってないってば！」

菱川さんはそう言ってけらけらと笑った。

「もー！　かわいいな、マーは！」

彼女の大きな声が、屋上へとつながる階段室に響いた。

菱川さんと小戸森さんは従姉というだけあって顔の造作が少し似ている。でも、小戸森さんが『秋』のようなしとやかさだとすると、菱川さんには『夏』のような快活さがあった。

小戸森さんのあだ名を誰かに聞かれたらまた話がこじれるのではないかと僕はびくびくして階下を見おろしたが、ひとの気配はなかった。

「心配しなくても誰も来ないって。ここは『境』だからね」

「それって……」

小戸森さんが言ったのと同じ内容。垣根はあの世とこの世の境だからふつうのひとは入れない。たしかにここも校内と屋上の境界だ。

菱川さんは自分を親指で指した。

「言ってなかった？　わたしも魔女だ」

そしてにかっと笑う。

考えてみれば不思議なことではない。ふたりは血がつながっているのだ。

「それよりか、わたしはどうして園生っちが境に入れるか興味があるね」

それは以前、僕も疑問に感じたことがあった。学校裏の垣根——境にいた小戸森さんを、どうして見つけることができたのか。

「死んだことある？」

菱川さんが笑顔のまま不穏当なことを尋ねてくる。

「さすがにそれは。——あ、でも、小さいころに車に轢《ひ》かれて生死をさまよったとは聞いてますけど」

僕はそれ以来、交通安全のお守りを持たされている。そのおかげで、いままで自転車で転んだことがないばかりか、小戸森さんの催眠魔法も防ぐことができた。日本の神様、万能すぎ。

「そのせいだねえ」

菱川さんは得心したようにこくこくと頷いた。

でも僕は『そのせい』どころか『そのおかげ』と言いたい気分だった。小戸森さんと出会えたのだから。

「話をもどすけどさ、電話を折り返さなかったのは、土曜日の朝に急に『あ、旅に出たい』って思って、とるものもとりあえず出発しちゃったからなんだよね」

菱川さんはばつの悪そうな顔になってこめかみをかいた。

「どこに行ったんですか？」

「ヨルダン」

「ヨルダン⁉」

僕は思わず大声をあげてしまった。

「ヨルダンって、あの？」

「中東の」

菱川さんは鷹揚《おうよう》に頷いた。

「一路ヨルダンを目指して飛んでいたんだけども、パキスタン上空で気がついたわけさ。『あ、やば、スマホ忘れた！』って」

「そんな、パキスタンを最寄りの駅みたいに……」

「でももどるのは億劫だし、まあいっかと思ってそのままヨルダンへ」

『電話をくれないという話』と『ヨルダン旅行の話』の規模に隔たりがありすぎて頭が混乱してきた。

「え、ちょっと待ってください。二日で行って帰ってこれるんですか」

「ふつうのホウキだと無理だねー。だからわたしはダイ○ンの掃除機を使った」

「ダイ○ン⁉　ダイ○ンで飛べるんですか⁉」

「吸引力が変わらないからアクセルべた踏みよ」

現代の魔女は科学も積極的に取り入れているんだな――。

そう感心しかけたとき、

「嘘だっつーの！　ダイ○ンのわけないっつーの！」

と、菱川さんがからから笑いながら僕の肩をバンバン叩いてきた。

「は、はは……」

――冗談が分かりづらい……。

僕は愛想笑いをした。同じ魔女なのに小戸森さんとノリが違いすぎてついていけない。

菱川さんは急に真面目な顔をして言う。

「パナソ○ックのやつに乗ってった」

「そういう嘘ですか⁉」

「やっぱ松下よ」

腕を組んでうんうんと頷いている。

――小戸森さんとはべつの意味で疲れる……。

僕は早くもぐったりしはじめていた。

でも分かったことがある。彼女は本当に怒っていない。

「小戸森さんは避けられてる気がすると言っていたんですが」

「あー、それは……お土産をさ、サプライズっぽく渡そうと思って。家に直接行ってドーン！　と色んなものを一気に。だから学校では会わないようにしてたんだけど、そう受けとられたかー……。まずったなー……」

菱川さんは片目をつむり、顔の前で手をパンと合わせた。

「誤解、解いておいてくんない？」

「もちろん構いませんけど。直接言ったほうがよくないですか？」

「いやー、いまの状態でわたしが近づいたら逃げると思う」

小戸森さんのヘコみっぷりを思い出す。たしかに僕がクッションになったほうがよさそうだ。

「それにしてもさー、意外だったね」

「なにがです？」

「園生っちってさ、もっと……省エネっていうの？　こういうことにエネルギー使わないタイプだと思ってた」

「よく言われます」

「なんか爺むさいし」

「もっと言われます」

菱川さんは「ははっ」と笑った。

「マーはさ、繊細な子だからね。でも、中学校くらいからかな、自衛しはじめた。背筋をぴんと伸ばして、余裕の笑顔を作って、はきはきしゃべるようになった。でもさ、中身は昔の繊細で臆病なあの子のまんまなんだよ、いまも」

僕は頷いた。よく、分かる。

「だからもし悪い虫がついて、マーを傷つけたら――」

菱川さんが顔をうつむけた。陽から陰へ、彼女の雰囲気ががらっと変わる。

僕はぞくりとした。それは彼女の放つ異様な空気だけでなく、実際に室温が下がったからだった。

菱川さんの足元を中心に、床に白い霜が広がっていく。

吐いた息が白くなる。

菱川さんが目だけ動かして僕を見た。

「氷漬けにしちゃうかも」

僕は菱川さんの変貌ぶりに驚きはしなかった。

小戸森さんは『秋』のようなしとやかさを持っている。でも本当は『春』のような可愛らしさを持った女の子だ。

だから『夏』のような快活さを持つ菱川さんが、内に『冬』のような厳しさを持っていたとしても不思議はない。

──魔女、だからかな。

ふたりとも、ふたつの季節の境に立っていて、行き来しているのだろう。

「君は最近、マーと仲よくしているみたいだけど。どう？　約束できる？　傷つけないって」

「できませんよ」

僕が即答すると、菱川さんは眉をひそめた。

「……この状況でよくそれが言えたね」

「だって、傷つけようと思ってなくてもひとは傷つきますからね。現にいまだって小戸森さんは傷ついてますし。でしょ？」

「……」

「傷つくことが避けられないなら、僕はそれ以上に、彼女を笑わせてあげたいと思います」

菱川さんはぽかんとした。床を真っ白にしていた霜がすうっと溶けていき、やがてすっかり消えてなくなった。

「なんだそれ……。やっぱ君、めちゃめちゃ情熱的じゃんか」

ちょっとだけ頬が赤い。彼女はひらひらと追い払うように手を振った。

「ほら、早く誤解を解いてきてよ。まったくもう……」

僕は「はい」と返事をして、小戸森さんが待つ学校裏へと駆けた。

──待てよ……。

僕は校門で立ち止まり、ちょっと考えたあと、学校裏とは逆の方向へ走った。

◇

「ど、どうだった」

小戸森さんは僕が石垣に座るや否やそう尋ねてきた。

旅やお土産のことは言わないほうがいいだろう。

「全然怒ってなかった。電話がなかったのは持ち忘れて出かけちゃっただけ。避けられてる気がするっていうのは単純に気のせい。つまりまったくの誤解だって」

小戸森さんは「はぁ……」と深く息を吐き、

「よかったぁ……」

と、まるで風船がしぼむみたいに身体を丸めた。

僕はそんな彼女に、背中に隠していたレジ袋を差しだした。

「ガリゴリ君、買ってきたんだ。ふたりで食べようよ」

すると小戸森さんはすっと背筋を伸ばし、挑むような目を向けてきた。

「勝負ね。わたしの魔法が微妙か微妙でないか」

「じゃあ、僕は当たりが出るほうに賭けるよ」

「ちょっと待って。それじゃあ勝負にならないじゃない」

「そうだね」

「なにそれ。じゃあわたしも当たるほうに賭ける」

僕はガリゴリ君の当たりを一度も引いたことがない。

小戸森さんの魔法でも、当たりの出る確率は二十％までしか上がらなかった。

でも、これだけは言える。

ガリゴリ君を食べ終えたとき、ふたりが笑いあえる確率は百％だ。

第七話　恋は焦らず、バズらせず

「これは……思ったより怖いな……」

ごくりとつばを飲みこんだ。

高架線と急激な下り坂でトンネルになっている道の前に僕は立ち尽くしていた。

時刻は夜九時。あたりには街灯が少なく、トンネルから薄ぼんやりとしたオレンジ色の光がこぼれてくるだけ。

なかは暗くてよく見えない。まるで地獄への入り口がぽっかりと口を開けているように感じられた。

道端には小さな地蔵が祀《まつ》られている。電車に轢かれた児童の霊魂をなぐさめるために建立された、と噂に聞いたことがあった。

僕は地蔵が視界に入らないよう顔をそらした。すると空から、白いふわふわとした物体が僕に近づいてくるのが見えた。

ひゅ、と僕の喉が鳴った。

白い物体は僕のそばまでやってきてホウキから下りると、

「こんばんは」

と挨拶してきた。

小戸森さんだった。涼しげな白いワンピースがよく似合っている。

「や、やあ」

僕は心臓が踊りくるう胸を押さえてなんとか返事をした。

恐怖や緊張を感じているときに異性に会うと、そのドキドキを恋愛感情と誤認してしまうことがある。とある心理学者はそれを『吊り橋効果』と名づけたそうだ。

なら、恐怖でドキドキしていた胸が、もともと好きな異性に会うことで甘い高鳴りに切りかわることはなんというのか。

多分その心理学者はこう言うだろう。

「はいはい、ごちそうさま」と。

何度も密会を重ねて平常心で向かいあうことができるようになってきたというのに、こんなに胸が苦しくなるなんて思いもしなかった。

それは、こういうシンプルなワンピースが僕のツボであるのとも無関係ではないのだが、やはり『学校外で小戸森さんと会う』という特別感が強く関係しているようだ。

――だってこれ……ほぼ、で、『デート』だよな……？

僕は小戸森さんを『デート』に誘ったときのことを思い出していた。

◇

「知ってる？　あそこ、出るらしいよ」

と、クラスメイトの男子が言った。

「友達の知りあいが言ってたらしいんだけど……」

――はい、出た。『友達の知りあい』。

リアリティを損なわないていどに近く、しかし実際にはソースが不明な『友達の知りあい』。都市伝説の類はこうした『リアリティのスパイス』が少しだけ利いているからこそ広まりやすい。

自分で言うのもなんだが、僕は他人のおしゃべりにいちいち突っかかるようなことは基本的にしない。なのに、内心とはいえ突っかかってしまったのは、僕がオカルトチックな話が苦手なのもあるが、なにより大きな理由は――。

そのおしゃべりの相手が小戸森さんだったからだ。

もやもやする。『しゃべってほしくない僕』と『そのていどで嫉妬なんて馬鹿らしいと思う僕』がレスリングをして、くるくると上を取りあっている。

結局、後者の僕が勝って、前者の僕が負け惜しみを言っている。

唯一、僕をなぐさめたのは、小戸森さんがあの『作り笑顔』だったことだ。

しかし、僕は焦りに似た感情を抱いていた。小戸森さんは『一年以内にしもべにできなかったらあきらめる』と言った。僕はそれを耐え抜いたら彼女に告白しようと思っている。

でも、一年間、彼女がほかの誰からも告白されないという保証はない。それにいまさら気がついたのだ。

いまのところそういう浮いた話は聞かない。『小戸森侵すべからず』の不可侵協定が効力を発揮しているようだ。でもこれから約八ヶ月間もそうであるとはかぎらない。

だから僕は誘ったのだ。いつもの放課後の密会で、思いきって。

「きょ、今日にでも、噂の心霊スポットに肝試しに行かない？」

肝試し。夏のデートの定番。

よく言った。僕はよく言った。

小戸森さんが僕を見て、

「肝試し……？」

と小首を傾げた。僕は慌てて、

「そう！　肝試しっていうか、小戸森さん魔女だから！　魔女だからそういう、悪さをする霊とかを追い払えるんじゃない？　混野市民のために、僕らで除霊に行こうよ！」

そう早口で付け足したのだ。

◇

僕はうずくまった。

——ヘタレがぁ……！

——地蔵様、ダシに使ったうえちゃんと誘えなくてすみません……。

地蔵がさっきより怖い顔をしている気がする。

「大丈夫？　具合が悪いなら帰る？」

小戸森さんは怪訝な顔で僕を見おろす。

「なんともないよ？」

僕は飛びあがるみたいに立ちあがった。

本当はなんともなくはない。情けない自分にうんざりしているし、これからあのトンネルに入ると思うと怖くて仕方ない。

でも僕がしゃんとしていないと意味がない。

吊り橋効果を狙っているのだ。彼女には大いにドキドキしてもらい、それを恋愛感情と誤認してもらわないといけない。なのに僕がびびっていてどうするのだ。頼られなければ。
――あと八ヶ月間、告白はできない。でも距離を縮めないと……。
またあの『もやもや』がやってきてしまう。
「い、行こうか」
僕はトンネルの入り口の前に立った。
一歩、踏みだしてしまえば、そこはトンネルのなか。
――境界……。
小戸森さんの話を思い出してしまう。
『垣根は境界。こちらの世界とあちらの世界の、ね』
僕はあちらの世界の手前に立っているのではないか。
背筋がひやりとする。
頭では前に進めと命令を出しているのに、膝が笑って前に出ない。
でも。
――行かなきゃ。
行け、行け、僕の膝。
歯を食いしばり、ふとももに力を込めた、そのとき――。
小戸森さんが僕を追い越してテクテクとトンネルのなかに入っていった。

「うぇへえ？」

思わず変な声が出た。

「ちょ、ちょっと小戸森さん」

僕は泡を食ってあとを追った。

「なに？」

と聞き返しながらも、彼女は足を止めない。

「不用意すぎない？　危険があるかもしれないのに……」

「大丈夫。仮になにかいたとしても、わたしが守ってあげるから」

にっこり笑って自分の胸をぽんと叩く小戸森さん。

なんて頼もしいんだろう。これなら安心だ。

――……ん？

僕はぶるぶる首を振った。

――いや、違う違う！　僕が頼ってどうするんだ。頼られないと。

しかし、さすが魔女。幽霊の噂ごときでは動じないということか。

――ならば……、これは使いたくなかったが、いたしかたない。

「そういえばさ、こんな話を聞いたんだけど……」

僕がそう言うと、小戸森さんは立ち止まってこちらを見た。

「なんの話？」

「これは僕の母さんの友達の兄弟の話なんだけど」

僕は低い声で話しはじめた。

そう怪談である。怖がらないなら怖がらせるほかない。

「奥さんと久しぶりの外食を終えた車での帰り道のこと。ふたりともちょっと浮かれた気分で談笑しながら、このトンネルに差しかかったんだけど……」

「……」

「楽しそうにしていた奥さんが急に黙りこんだんだ。どうした？　って尋ねてもなにも答えない。しつこく尋ねて、やっと『上に……』とだけつぶやくように言ったんだって。上って、車の屋根か？　と思ったそのとき——バン！」

僕は大声を出した。小戸森さんはぴくんとした。

「と、白い影がフロントガラスに張りついた。それは生白い肌をした五、六歳の男の子だった。うわあああ！　と叫び声をあげてブレーキを踏みこむ！　車が止まる！」

僕はそこで一呼吸おいた。話に臨場感を出すための演出だ。

「恐怖でうつむいたまま固まっていた彼は、このままでは埒があかないと、おそるおそる顔を上げた。すると……男の子の姿は消えていた。その代わり前方に見えたのは、二股道と、その分岐点に立った電柱。車は電柱にぶつかる寸前で止まっていたんだ。

奥さんは言った。『きっと、さっきの子がわたしたちを助けてくれたのよ』。旦那さんも、きっとそうだな、と思って、車をバックさせようとしたとき――」

僕は目を大きく見開き、小戸森さんを凝視した。

「バックミラーに映っていたんだ。さっきフロントガラスに張りついていた子供が、後部座席に座っている姿が。その子供は、笑いながら言った」

裏声を出す。

「『ぶつかっちゃえばよかったのに』」

会心の出来だった。自分でしゃべったのに鳥肌が治まらない。

――どうだ、さすがの小戸森さんもこれには恐怖を覚えずにはいられまい。

小戸森さんは二、三度、まばたきをして言った。

「ふうん」

以上、リアクション終了。

「……だけ⁉」

動じないにもほどがある。

「なにかその……感想とかは……」

「う～ん……」

小戸森さんは頬に手を当ててしばらく考えたあと言った。

「そういう子もいるよね」

「え、なに、その保育士みたいな視点」

「なんて言うの？　目立ちたがり屋？　手が込んでるというか。まあ、バズりたいのかな」

「『バズりたいのかな』」

思わずオウム返しをする。

「い、いや、動機は恨みつらみじゃないの？　バズは目的じゃないと思うけど」

「わざわざ姿を現して声まで聞かせたのに命もとらずに帰らせるって、完全にバズ狙いでしょ」

僕はぽかんとした。

――なにこの説得力。

たしかに疑問に思ったことはある。びっくりさせるだけの幽霊はいったいなにが目的なのかと。

答えはバズ狙いだった。バズりたがっていたのだ、彼らは。

小戸森さんはまたすたすたと歩きはじめた。僕は慌ててあとについていく。

といっても、短いトンネルだ。もうすぐ出口に着いてしまう。

小戸森さんがクラスの男子とおしゃべりをする場面が頭のなかにちらつく。

焦りは最高潮に達した。

僕はうずくまった。地面に膝をつき、手をつく。

「うぅ……」

うめき声をあげると、ようやく小戸森さんは立ち止まった。

「園生くん？」

歩み寄ってくる気配。

「どうしたの？　やっぱり具合が悪いの？」

「うう……」

僕はうめき声で答えた。

苦しまぎれに僕は『霊障』を装った。心霊が原因の体調不良である。これもまた怪談や都市伝説の定番だ。

引きとめて時間を稼ぎ、そのあいだになにかべつのアイデアを考えないと……。

小戸森さんがかたわらにしゃがみこんだ。

「ちょっと、冗談ならやめて」

「う、う、ぅ……」

小戸森さんの手が僕の肩に乗る。

「園生くん、嘘じゃないの？　本当なの？」

「胸が、苦し……ぃ！」

「園生くん？　園生くん⁉」

小戸森さんが立ちあがり、

「ど、どうしよう、なにも感じなかったのに……！　なにかがいた……？　どうして気配が……⁉」

と、ぶつぶつつぶやきながらうろうろと歩きはじめた。

――あ、あれ？　なんか期待したリアクションと違う……。

少しのあいだ引きとめられればよかっただけなのだが、小戸森さんは、

「わたしが未熟だから……、そのせいで園生くんが……！」

などと、自分を責めるようなことを言いだした。

彼女は再び僕のそばにやってきて、地面に膝をついた。ホウキを放りだし、僕の両肩に手を添えて顔を覗きこんでくる。

「大丈夫、任せて、わたしがなんとかするから。まずどこがどう苦しいのか、具体的に教えてもらえる？　つらいだろうけど、お願い」

一語一語、噛んで含めるように言う。しかし声が張りつめていて、緊張していることは隠せていない。

――違う。

なにをやっているんだ、僕は。彼女の善意をもてあそんで、困らせて。罪悪感が胸のなかでふくらんで、本当に具合が悪くなりそうだった。

僕は声を搾りだす。

「あ……」

「ん？　なに？　大丈夫、落ちついて。ゆっくりでいいから」

「ち、違……」

「血？　どこか怪我をしたの？　膝？」

「違うんだ」

僕は顔を上げて、小戸森さんの目を見た。本当は目をそらしたかったけど、これ以上、卑怯なことはしたくなかった。

「本当は苦しくなんかない」

「……え？」

「小戸森さんをびっくりさせたくて、嘘をついたんだ。その……ごめん……」

小戸森さんは呆然とした。目が点になっている。

脱力したように、手が僕の肩から落ちた。

そしてうつむく。肩が、腕が、ぶるぶると震えている。

――やばい、めちゃくちゃ怒ってる……！

「ほ、本当にごめん。その、魔が差したというか……とにかくごめん！」

小戸森さんとの距離を縮めたかった、なんて理由を口にできるわけもなく。僕はひたすら謝ることしかできない。

でも彼女の震えはさらに大きくなって、息まで荒くなってきた。

――これは、魔法で吹き飛ばされるくらいのことは覚悟しないとな……。

小戸森さんが顔を上げた。僕は目をつむり、身体を固くした。

「よかったあ……！」

小戸森さんの声。

僕はおそるおそる目を開いた。

そこには小戸森さんの泣き笑いの顔があった。切れ長の大きな瞳から清水のような涙が溢れ、頬を伝って顎からしたたり落ちている。

今度は僕が呆然とする番だった。

彼女は「はー……」と大きく息を吐き、手の甲で涙を拭った。

「ほんとに病気になったのかと思った」

「ごめん、ほんとに……」

僕が顔をうつむけた瞬間、額に痛みが走った。

「痛っ⁉」

僕は額を押さえた。小戸森さんにデコピンされたらしい。

「これで許してあげる」

と悪戯っぽく笑う彼女。

「でも、こういうの、もうやめてね」

僕は姿勢を正した。

「はい」

「ならよし」


僕らはトンネルを抜けた。

「やっぱりなにもなかったね。――誰かさんのお芝居に騙された以外は」

「ほんとすみません……」

小戸森さんはくすくすと笑った。汚れてしまったスカートの膝のあたりをぱんぱんとはたき、ホウキに横座りする。

「じゃあ、おやすみなさい」

ふわりと舞いあがって飛んでいく白い影。

姿が見えなくなってからも、僕は熱に浮かされたみたいにぼうっとその方向を見つめていた。

◇

「知ってる？　あそこで出たらしいよ」

と、クラスメイトの男子が言った。

「友達の知りあいが言ってたらしいんだけど……」

彼が話しかけたのは小戸森さん。彼女は作り笑顔で相づちを打つ。

既視感のある光景だった。僕はそれをぼんやりと眺めていた。

「昨日の夜、あのトンネルの近くで空を飛ぶ白い影を見たんだって」

小戸森さんの作り笑顔が一瞬、ひくりと歪んだ。

「しかもトンネルのなかから叫び声や女のすすり泣く声が……！」

ひくり、ひくり。小戸森さんの頬が痙攣する。僕は口元を押さえてうつむいた。気を抜けば吹きだしてしまいそうだ。

話に興味を持ったクラスメイト数名が「なになに？」と近寄ってくる。同じ話を熱っぽく繰りかえす男子。

小戸森さんは誰にも見られていないことを確認してから、僕のほうを見た。そして焦りのにじんだ表情で人差し指をくちびるの前に立てる。

内緒。彼女はそう言いたいらしい。

僕は笑いそうになるのを必死に堪えながら小さく頷いた。

誰かに言うつもりはまったくない。小戸森さんが魔女であること、小戸森さんと密会していること、そして小戸森さんが僕のために泣いてくれたこと。

これは僕だけの宝物だ。言ってたまるか。バズらせてなるものか。

まあ——。

——僕があの小戸森さんと密会だなんて『リアリティのスパイス』が利いてないから、バズるわけないんだけど。

僕は苦笑いをした。

第八話　無防備すぎる小戸森さん

「さっぱり分からない……」

僕は地元デパート『ディオン』の衣料品売り場で呆然と立ち尽くしていた。

厳密に言えばディオンはデパートではなく大型スーパーらしい。業態はほとんど同じに思えるのだが、いったいどこに違いがあるのか。

しかし「分からない」と言ったのはそのことではない。

小戸森さんになにを贈ればいいか。それが分からないのだ。

先日の『肝試し』で、僕は小戸森さんを泣かせてしまい、そのうえ、真っ白なワンピースを汚してしまった。

お詫びをしようと思いたったのだが、クリーニング代を現金で渡すのも野暮だし、ならば服をプレゼントすればいいのでは、と考えた。夏休みに突入して、ほとんど日課となっていた密会ができなくなったから、彼女と会う口実が欲しいという下心もありつつ。

でもさっぱり分からないのだ、ファッションが。

一応、ファッション用語を予習してからやってきたのだが、ほとんど役に立たない、どころか大いに僕を悩ませる原因となった。だって、カットソーとはなんなのだ。衣類などだいたいカット（切る）＆ソー（縫う）ではないのか。

ましてや探しているのは女性もの、しかも小戸森さんへのプレゼントだ。よく考えもせずディオンに来てしまったが、そもそも小戸森さんは地元スーパーで買った服を喜んで着てくれるのだろうか。

かといって店員さんに女の子の喜びそうなファッションを尋ねる勇気もなく。

——駄目だ。今日はお日柄が悪い。

僕は身を翻してエスカレーターへと向かった。

図書館に行ってファッションを勉強しようかなどと考えながら歩いていると、上りエスカレーターから身を寄せあって上がってくるふたり連れが見えた。

カップルがやってきたのだと思った。それくらいふたりは距離が近くて、仲がよさそうだった。

でも違った。仲はよいが、カップルではなかった。

ふたりは小戸森さんと、彼女の従姉の菱川さんだった。

——っ!!

僕は水着売り場のマネキンの陰に隠れた。

べつに隠れる必要はないはずだった。彼女へのお詫びの証《しる》しを買いにきたということは黙っていればいいだけだし、むしろ夏休みに彼女とおしゃべりができるチャンスだ。

なのにそうしてしまったのには理由がある。

小戸森さんの様子が、ふだんとあまりにも違ったからだ。

「ハンバーグおいしかったー！」

小戸森さんが目をきらきらさせて言った。菱川さんが微苦笑する。

「マー、それ言うの何回目？」

菱川さんは小戸森さんのことをあだ名で『マー』と呼んだ。

小戸森さんはちょっと口をすぼめるようにして菱川さんにすり寄る。

「え～？　だってほんとにおいしかったんだもん、チーズインハンバーグ。お姉ちゃんも食べればよかったのに」

「マーは舌が子供だね」

「あの味が分からなくなるくらいなら子供でいいもん」

そして「えへへ」と笑った。

――なん……だ、あれは……。

小戸森さんの屈託のない笑顔。菱川さんを信頼しきった素の表情だった。

——小戸森さん……妹キャラだったのか……⁉

入学式では新入生代表の挨拶を任され、クラスメイトからは憧れられ、この前の肝試しでは芯の強いところを見せてくれた。そんな彼女のまるで別人のような甘えっぷりに、僕は目が釘付けになる。

小戸森さんが菱川さんの腕に腕をからめた。

小戸森さんは肩の出たゆったりとしたトップスに白いスカートという、少しフェミニンなコーディネート。対して菱川さんは白のノースリーブに黒のパンツの落ちついた組みあわせ。美人の妹とかっこいいお姉さん、といった風情だった。

ふたりは、先ほど僕が戦略的撤退を余儀なくされた衣料品売り場へと入っていった。

——え、待って。あんなモデル級のふたりが、ディオンで服を買うのか……⁉

小戸森さんの服の好みをリサーチするチャンスだし、あのふたりがディオンでなにを買うのか純粋に興味がある。

彼女らの視界に入らないように気をつけながら、僕は衣料品売り場へと舞いもどった。

◇

「色は二色、多くても三色まで。それ以上はぱっと見の印象が散漫になる」

菱川さんはブラウスを物色しながらコーディネートの講釈をする。

「一言で言っちゃえばダサい。ものにもよるけど、チェックのシャツとか」

チェックのシャツを着ていた僕はビクビクッとなった。

「Tシャツもね、ワンポイントくらいならいいけど、胸にでっかいプリントしてあるやつは難しいね。顔の印象が薄いひとだとプリントばっかり目立っちゃうし、顔が濃いひとだとうるさい感じになる」

シャツの下に、でっかいプリントのついたTシャツを着ている、顔の印象が薄い僕はビクンビクンとなった。

「なぜかそれにデニムのパンツを合わせるひとが多いんだけど、デニムってアクが強いから、全部バッティングしてしっちゃかめっちゃかになるんだよね」

デニムのパンツを穿いていた僕は、もう立っていられなくなってしゃがみこんだ。

——しっちゃかめっちゃか……。

オシャレなひとに論理的に駄目出しされると非常にダメージが大きい。

「まあ任せな。いつもどおり、マーに似合うコーディネートをしてあげるから」

なるほど、小戸森さんのファッションは菱川さんがプロデュースしているらしい。

肝試しのときに着ていた白のワンピースを思い出す。小戸森さんの魅力を百二十%

引きだしていた。

——完璧です……！

僕は自然と菱川さんに敬礼していた。

「マー？」

返事がなく不審に思ったのか菱川さんは小戸森さんに呼びかけた。

「う、うん、お願い」

小戸森さんは手にとっていたTシャツを少し慌てた様子で棚にもどし、微笑んだ。

——……？

その微笑みが、いつも学校で見せている作り笑顔に似ているような気がして、僕は首を傾げた。


ふたりはそのあと、四つのカゴがいっぱいになるほどの服を見つくろい、試着室へと向かった。

小戸森さんは試着室に入る。菱川さんは床に置いた四つのカゴの前にしゃがみこみ、顎に手を当てて考えこんでいる。

そして「よし」と声をあげると、カゴのなかからブラウンのタンクトップと、モノトーンの花柄スカートを選びだし小戸森さんに手渡した。

小戸森さんはそれを受けとると、試着室のカーテンをしゃっと閉め、なにを思ったかまたすぐにしゃっと開いた。

彼女はすでに着替え終わっていた。

――魔法。

そういえば彼女が魔女であることをカミングアウトしたときも、一瞬だけ木の後ろに隠れたと思ったらつぎの瞬間にはローブに着替えていた、なんてことがあった。

――便利だな……。

朝、急いでいるときなど重宝しそうな魔法だと思った。

菱川さんは自分のコーディネートに満足したのか、口元に笑みを浮かべてうんうん頷く。僕もよく似合っていると感じる。ディオンでもセンスのよいひとが選べば様になるものだ。

しかし小戸森さんは小首を傾げ「う～ん……」とうめいた。

「お、めずらしいな、ご不満かな？」

「不満ではないんだけど……、もっと、か、かわいい感じにしたい……」

頬をほんのり紅潮させ、手をもじもじさせながら言った。

「かわいい感じ？　マーは顔が大人っぽいから、ちぐはぐな印象になっちゃうよ？」

「……でもかわいいのがいい」

小戸森さんは駄々をこねるみたいに言うと、口をとがらせてうつむいた。

僕は手で顔を押さえてぷるぷる震えた。

——ああ……もうなんだ今日の小戸森さんは、ほんとにもう……！

僕は萌えという感情を生まれてはじめて理解した。

菱川さんは「仕方ない」といった様子で息をつくと、カゴのなかからピンクのキャミソールや、パステルカラーのブラウス、シャツ、デニムのスカート、フリルスカートなどをつぎつぎと手渡す。

小戸森さんはそれらを受けとると、魔法の早着替えでどんどん試着していく。

そのどれもが似合っていると思う。でも小戸森さんは決して首を縦に振らない。

淡い水色のブラウスとキュロットスカートを手渡しながら菱川さんが言う。

「かわいい服を着てさ」

カーテンがしゃっと閉まる。

「見せたいのは彼？」

カーテンがしゃっと開いたとき、そこに立っていたのはブラウスとキュロットスカートを後ろ前に着用した小戸森さんだった。

「は、はあ⁉　お姉ちゃんなに言ってるの！　いままでとちょっと違うものが着たいなって思っただけですけど⁉」

「なに慌ててんの？　彼ってマーのパパのことだけど」

小戸森さんはぷうっと頬をふくらませた。そして手を突きだす。

「いいからつぎのちょうだい！」

「はいはい」

菱川さんはにやにやしながらつぎの服を渡す。

僕がほっと胸をなでおろしたのは言うまでもない。


そうして試着すること十数着、ようやくコーデが決まった。

白い半袖のプルオーバー、黒地に白の水玉の入ったフレアスカート。そして頭に黒のキャスケット。

小戸森さんはキャスケットがとくに気に入ったようだった。鏡に顔を寄せ、いろんな角度で確認する。

「これがいい！」

満面の笑みを浮かべる小戸森さん。菱川さんはふっと笑って肩をすくめた。

ふたりは会計を済ませて衣料品売り場を出ていく。

小戸森さんはダンスでも踊りだしそうな軽い足どりでエスカレーターへ向かう。

「帰りにソフトクリーム食べにいこうよ！」

「分かったからちゃんと前を向いて歩きな」

エスカレーターに乗ったふたりの声が遠くなっていって、やがて聞こえなくなった。

僕はふーと長い息を吐いた。

——いいもの見れた……。

大満足だった。夏休みに入って不足していた『小戸森さん分』が一気に補充された。むしろ溢れた。

幸せな気分に浸ったまま僕も衣料品売り場を出ようとして、はたと思い出した。

——そうだ、お詫びの証しを買わなきゃ……。

菱川さんの講釈のおかげでカラーコーディネートの重要さは身に染みて分かったが、具体的にはなにをチョイスすればいいのか。

——そういえばさっき……。

小戸森さんが慌てて棚にもどしたTシャツのことを思い出した。

僕はその棚の前に立つ。

プリントTシャツの棚だった。整然と並んだTシャツのなかに一枚だけたたみ方の甘いものがある。彼女が手にとっていたのはこれだろう。

胸に大きなプリント（ピンク色の宇宙人？のような生物）のあるTシャツだった。

——たまたま見てただけ……？　それとも……。

この棚にあるTシャツはどれも千二百八十円。汚してしまったワンピースのクリーニング代としてもちょうどいいくらいだ。

「これにするか」

宇宙人のTシャツを贈ったら覗き見していたことがばれるから、似た印象の、なにかべつのものを選ばなければならない。

僕はある一枚に目をとめた。

——これだな。間違いない。

そのTシャツを手にとってレジに行き、プレゼント包装を依頼した。

会計を済まし、僕は意気揚々とディオンをあとにした。

◇

——間違いだったかもしれない……。

僕は学校裏の石垣に座りこんで途方に暮れていた。手には昨日購入したTシャツの入った紙袋をさげている。

——やっぱりあの宇宙人のTシャツ、たまたま見てただけなんじゃないか……？

「ぷぷ、変なシャツがある」みたいな……。

僕が自信満々でチョイスしたのは猫のTシャツだった。胸の黒い四角のプリントが白抜きされて猫の柄がついている。

小戸森さんは白猫のキャディさんにご執心だから、きっと喜んでくれると思ったのだが……。

——どこに着てくんだよ、これ。

小戸森さんが猫柄のTシャツで出かける姿がまったく想像できない。むしろこのTシャツは僕の母親にこそふさわしいのではないかとすら思いはじめていた。よれよれのシャツでよくコンビニやドラッグストアに行くし。

——せっかく会う約束をとりつけたけど、やっぱり今日は中止にしてもらって……。

僕が腰を浮かせたとき、道の向こうから歩いてくる小戸森さんの姿が見えた。

白い半袖のプルオーバー、黒地に白の水玉の入ったフレアスカート。頭に載っているのは黒のキャスケット。

僕は立ちあがった。逃げ帰るためではなく、彼女の姿をよく見るために。

昨日、小戸森さんがもっとも気に入ったコーディネート。それを僕との密会のために着てきてくれた。

この気持ちは、あのCMでよく聞くあれだ。

嬉しすぎて、言葉にできない。

歩み寄ってきた小戸森さんは、僕があまりに凝視するものだからちょっと戸惑ったような表情をした。

「おはよう……。園生くん、どうしたの？」

「その帽子、すごくいいと思う」

まったく噛み合わない会話。でも一番に、彼女の服装を褒めるべきだって思った。帽子がとくに気に入っていたことはカンニングしていたから知っている。でも仮にカンニングしていなくても、僕は帽子を褒めただろう。

――いや、帽子じゃないな。

たしかに、いつもの彼女と比べて子供っぽいコーディネートであることは否めない。でも自分で気に入った帽子を被って、ちょっと誇らしげな彼女の顔が、いつもより愛らしく見えたんだ。

小戸森さんはキャスケットを目深にした。

「あ、ありがとう」

「あ、おはよう」

噛み合わない会話。

「ええと」

僕は必死につぎの言葉をつむぐ。

「この前、びっくりさせちゃったことと、ワンピースを汚しちゃったことのお詫び」

そう言って紙袋を差しだした。

なんとも事務的な言い回しだ。もうちょっと気の利いたことが言えないのか、僕。

小戸森さんは紙袋を受けとった。

「べつにいいのに」

「いや、これはお詫びだけど、僕自身の禊《みそぎ》でもあるから」

魔女の小戸森さんに、がっつり神道系の禊という概念で説明するのがベターなのかはよく分からないが、ほかに適当な言葉も思い浮かばなかった。

「うん、じゃあ、もらう。ありがとうね」

小戸森さんは紙袋を閉じていたテープをちぎって、なかに手をやった。

僕は慌てて、

「じ、じゃあ、僕は帰るから！　これ渡したかっただけだから！　じゃあ！」

逃げるように走りだした。

小戸森さんにがっかりされるのが怖かったから。

――いや……。

がっかりしたのを隠すために『作り笑顔』をされるのが怖かったから。

僕は家に逃げ帰り、自室のベッドに直行した。枕に顔を埋め、なんだかよく分からない恥ずかしさや自己嫌悪にうめき声をあげる。

そのあとは一日中、羞恥心が間欠泉のように噴きだして、僕はそのたび悶えるような気持ちになった。ご飯を食べていても、お風呂に入っていても、宿題をしていても、だ。思い出し笑いならぬ思い出し恥である。

僕はかなり疲弊していた。もう寝る時間だが、安眠できる自信がない。健康のためにも思い出し恥に終止符を打たねば。

逃げつづけては解決にならない。立ち向かって乗り越えるしかないのだ。

僕はスマホを手にとった。そして小戸森さんにメッセージを送る。

『Tシャツ、ちょっと子供っぽかったよね。気に入らなかったら着なくていいから』

送信したあとメッセージはすぐ既読になったが、返信はなかなかやってこない。

乗り越えるどころか、壁に激突して大けがを負った気分だ。

僕はついに力尽きて床に横たわった。

指を動かすことすら億劫だ。

――このまま気絶して、目が覚めたら全部夢だった、ってことにならないかな……。

はあぁ、と深いため息をついた。

そのとき。

キンコン！　とメッセージの着信音。

僕は弾かれるように身体を起こし、ベッドの上に放りだしていたスマホを手にとった。

通知には『小戸森』の文字。僕はぶるぶる震える指でＬＩＮＥのアプリを開く。

そこにはこう書いてあった。

『寝間着にしました』

つづいて、しゅぽ、と音を立ててメッセージが——いや、画像が表示された。

小戸森さんの自撮り画像だった。

ショートパンツと、そこから伸びる白磁のようなふともも。そして白猫のプリントＴシャツ。僕がプレゼントしたものだ。後方に見えるベッドには、ピンクや黄色のプリントが印刷されたＴシャツが数枚。

僕はいつの間にかまばたきを忘れていた。目が痛くなって、慌ててぱちぱちとまぶたを動かす。

いまだかつてないほど薄着で無防備な小戸森さんが僕の手のなかにある。顔の上半分が切れて見えなくなっているのが、なんだか妙に生々しい。

また着信。つぎはメッセージ。

『Ｔシャツコレクションのこと、お姉ちゃんには内緒にしてください』

小戸森さんからなんのてらいもなく甘えられていた菱川さんを、少しうらやましいと思う気持ちもあった。

でも僕は、菱川さんですら知らない、小戸森さんの秘密を知っている。

僕はいま多分、満面に笑みを浮かべてしまっていることだろう。

『了解です』

高ぶった気持ちを悟られないよう、わざと事務的に返事をした。

そして小戸森さんの自撮り写真を保存する。

僕のプレゼントを喜んでくれた、その記念として。

ベッドに倒れこんで大きく息をつき、目をつむった。

――どうか夢オチじゃありませんように。

第九話　未来のふたりを覗いてみる

「占いの結果が悪かった？」

小戸森さんは呆れたように言った。

「それでこんなに落ちこんでるの？」

「落ちこんでるっていうか……」

今日の僕がぼうっとしがちなのは落ちこんでいるのが直接の原因ではない。

昨晩のこと。そろそろ寝ようかと自室に向かおうとしたところ、リビングのテレビにニュースバラエティが映っており、そのワンコーナーとして星座占いをやっていた。

そこでなんとなく足を止めてしまったのが運の尽きだった。

山羊座の僕の運勢は『吉』だった。悪くはない。でも、添えられた文言が僕を打ちのめした。

『大切な人としばらく疎遠になるかも』

僕の急所を、その占いはピンポイントで爆撃してきたのだ。

たかが占いだと笑い飛ばしてはみたものの、その日の夜はほとんど眠れなかった。

占いの内容が現実になってしまったらと思うと、不安と焦りをミックスしたような感情が浮かんできて身体がかあっと熱くなり、睡眠どころではなくなった。

だからぼうっとしているのは落ちこんでいるというよりは、睡眠不足が主な原因なのである。もちろん落ちこんでもいるが。

ちなみにその占いによると、今週のラッキースポットは『空き地』だそうだ。なにが空き地だ。占いのせいで僕の心がぽっかりと空き地になった気分だ。

そのことをいつもの放課後の密会で小戸森さんに話した。『大切な人としばらく疎遠になるかも』という文言は秘密にして。

「やっぱり園生くんは信心深いんだね」

納得顔でうんうん頷く小戸森さん。

「でも占いって、適当に言ってるだけだからね」

「ええ？　でも占いは統計学って言われてるし、けっこう当たる気がするんだけど」

「『交通事故を起こした日本人の多くは、その日の朝食か昼食にお米を食べていた』。この場合、交通事故を起こしてしまったのはお米を食べたから？　違うでしょ？　お米を星座に置きかえてみて」

僕は思わず「ああ……」と感嘆の声をあげてしまった。

「占いにはカウンセリングの意味合いもあるし、全否定するわけじゃないけどね。将来を知りたいと思うのも人情だし」

「まあ、そうだね」

「そこでこのスマホ！」

小戸森さんはにこっと笑って、ポケットからスマホをとりだした。なんだかテレビショッピングのひとみたいだ。

「これで園生くんの未来を見よう」

「未来を、見る？」

「占いなんてあやふやなものじゃなくて、起こるべくして起こる未来を見るの」

石垣から数メートルほど距離をとり、小戸森さんはカメラを向けてきた。

「明日の園生くんを、カメラを通して覗き見る。まさに未来ドキュメンタリー」

スマホの画面を指でなぞる。いつものペンタクルを描いているらしい。

「今回は大丈夫？」

以前、過去の僕をカメラに写そうと試み、失敗したことを思い出した。あのときは祭壇まで使って大がかりにやっていたのに、こんな略式でうまくいくのだろうか。

小戸森さんは少しむっとした。

「あの時点で術式は完成しているから、今回は呼び出すだけで大丈夫なの」

と、画面をタップする。

「ほらちゃんと映った。明日の、同じ時間の石垣……」

小戸森さんは眉をひそめた。

「え、え？　なにその顔。僕はどんな感じ？」

「いない」

「え？」

「園生くんがいない。というか、ふたりともいない」

明日は平日だから、いつもどおり密会を行《おこな》っているはずだ。

なにかアクシデントがあった——いや、あるのだろうか。

僕は石垣から飛び降りて小戸森さんに駆けよった。

「ほんとにいない？　ちょっと時間がずれてるとか、見きれてるとか……」

と、画面を覗きこもうとしたそのとき。

頬と頬がくっつくほど接近していることに気がつき、ふたりとも跳ねるように距離をとった。

「あ、ご、ごめん急に」

「う、ううん。べつに、いいけど……」

小戸森さんは恥ずかしそうに顔をうつむかせる。

「あ」

彼女はスマホの画面を見て短く声をあげた。

「時間が飛んじゃった」

「時間が飛んだ……？」

「多分、十年ぐらい」

スマホを持ちあげ、石垣をフレームに入れる。

「あっ」

小戸森さんがまた短い声をあげた。でも今度はなにかに気がついたというより、驚いて声をあげたという感じだった。

いったいなにが映ったのだろう。気になった僕は彼女の斜め後ろに回って、背伸びをして画面を見た。

ふたりの男女が映っていた。いつもの僕らみたいに石垣に並んで座っている。

――十年後にも僕らみたいにここで密会する子がいるのか。

と、思ったのだが、よく見るとふたりは私服で、しかも大人のようだった。年の頃なら二十代半ばくらい。女性のほうは長い黒髪がきれいだった。まるで小戸森さんみたいだ。

僕らと違ってふたりは、お互いもたれるように寄り添っていて、仲睦まじい様子だった。デート中だろうか。

――うらやましい……。

僕が羨望の眼差しを向けていると、小戸森さんがはっと息を飲み、スマホを胸に抱くみたいにして隠してしまった。

「どうしたの？」

僕の声に弾かれたように振り向いた小戸森さんの顔は真っ赤だった。目を見開き、ぶんぶんと首を振る。

「な、ななななんでもない」

「いまの女のひと、小戸森さん――」

「違いますけど⁉」

至近距離ですっとんきょうな声をたてられ、耳がキーンとなった。

「――小戸森さんに似てるなって言おうとしたんだけど」

「あ、あ～……。まあ本にn――」

「え？」

「ほ、ほんに似てますなあ！」

「うん……？」

小戸森さん史上、もっともなにを言っているのか分からない。

「と、とにかく、わたしに似てる誰かをもうちょっと見てみよう」

小戸森さんはスマホを石垣のほうにかざす。

「あ、あれ？　移動しちゃった？」

スマホのカメラでぐるりと周囲を見回した。

「いた！」

そう言って急に駆けだした。僕は慌てて呼びとめた。

「え、ちょっと待って！　追うの？」

「追う！」

「でも、ふたりに悪いよ」

「悪くない！」

言いきられた。

「わたしが許可するんだから問題ない。あとは園生くんが許可すれば」

「え、なんで？」

「だって――」

小戸森さんはなにか言いかけたが、手で口を塞いで言葉をシャットアウトした。そしてちょっと怒ったみたいに言う。

「未来はまだないんだから、ふたりにプライバシーなんかないの！」

「そう、なの？」

「そうなの！　行くよ！」

と走っていってしまった。

「寝不足なんだけど……」

僕は小さくぼやいてから、彼女のあとを駆け足で追った。

◇

スマホの画面に映った未来のふたりは商店街を歩いている。

画面のなかにはたしかにふたりがいるのに、顔を上げて現在の商店街を見るとそこにふたりはいない。すごく不思議な気持ちになる。

ふたりは手をつないで歩いている。背中しか見えないが、とても仲がよさそうだ。

小戸森さんは画面を食い入るように見ながらあとをつけている。

「ねえ、なんで追うの？」

「大事なことだから」

——なにが？

小戸森さんの表情はとても真剣なんだけど、ちょっと頬が赤らんでいて、熱に浮かされたような目をしていた。まるで甘い恋愛映画でも観ているかのような表情だ。

未来のふたりはそのまま商店街を抜けて、大型スーパーの『ディオン』へ入っていった。僕らも彼らのあとにならい、自動ドアをくぐる。

さすがにお店のなかでは大っぴらに撮影するわけにもいかず、小戸森さんはスマホをいじるふりをしながら、未来のふたりの足元だけ映して尾行する。

ふたりは衣料品売り場へ入っていった。

「痛っ」

小戸森さんが陳列棚に足をぶつけてうずくまった。十年後と現在では棚の配置が当然違う。

「小戸森さん、大丈夫？」

「大丈夫。それよりふたりを追わないと」

小戸森さんはカメラを周囲に向ける。

——らしくない。

彼女がこんなふうに周りの目を顧みず行動するのをはじめて見た気がする。あのふたりの、いったいなにがそんなに気になるんだろう。

未来のふたりはTシャツを購入したようだった。胸に大きなプリントのあるTシャツだ。男性がTシャツの入ったレジ袋を持ち、空いたほうの手で当然のように女性の手を握り、ふたりはディオンを出た。

彼らがつぎに向かったのは『ミルクパーラー林田』だった。

以前ここで小戸森さんとソフトクリームを食べた。こちらは初秋だが、未来のあちらは夏であるらしく、オープンカフェのパラソルつきテーブルが店先に並んでいた。僕はこのふたりに親近感を抱きはじめていた。石垣でおしゃべりして、ディオンでTシャツを買って、オープンカフェでソフトクリームを食べる。いままで僕らがやってきたことと同じことをしている。

でも決定的に違うのは、彼らは（多分）恋人同士で、僕らはただの友達であること。羨望のような嫉妬のような、それでいて焦燥のような感情が湧いてくる。

「せっかくだし、ソフトクリーム食べない？」

一緒にいるのだから、少しでもポイントを稼ぎたい。そう考えた僕は、真剣な表情でスマホの画面を覗きこむ小戸森さんに声をかけた。

小戸森さんは長い黒髪が水平に持ちあがるくらいの勢いで振りかえった。かっと目をむいて僕を見る。僕は首をすぼめた。

「ご、ごめん、いまそれどころじゃな」

「レアチーズミックスをお願いっ」

「あ、食べるのね……」

小戸森さんから五百円玉を受けとり、ミルクパーラー林田の店内に入った。

レアチーズミックスと、ふつうのミルクソフトクリームを受けとる。オレンジ色のかわいい制服を着た店員さんは、なにもないところにカメラを向けている小戸森さんを興味津々といった目で見た。

「お連れの方、なにをしてらっしゃるんですか？」

「僕もよく分からないんです……」

両手にソフトクリームを持って店を出ると、小戸森さんがうちわでも扇《あお》ぐみたいに手招きをした。

「早く早く！　行っちゃった！」

と、急かされたが、柔らかいソフトクリームを持って走ることなどできず、僕はできるだけ身体を揺らさないように気をつけながら大股で歩いた。

「ありがとう」

小戸森さんはレアチーズのソフトクリームを受けとると、ぱくっとかぶりつくように食べた。

口のなかで溶かし、飲みこんだあと、二口目を食べる。

「……追わないの？」

小戸森さんは二口目を飲みこんでから言う。

「歩きながら食べたらソフトクリームに失礼でしょ」

彼女なりのポリシーがあるらしい。僕も慌ててソフトクリームにかぶりついた。

コーンまでしっかり食べ終えた僕らは未来のふたりを捜したが、ポリシーを遵守しているあいだに遠くまで行ってしまったらしく、完全に見失った。

僕は公園の車止めの柵に座りこんだ。寝不足で走り回ったためか身体が重いし、汗でびっしょりだった。

「もうさすがに見つけるのは無理じゃない？」

小戸森さんは座らずに、あたりをきょろきょろしている。まだあきらめていないようだ。

「もう帰ろうよ。薄暗くなってきたし」

「こうなったら占いに頼るしかない」

「占い？」

僕の問いに答えることなく、小戸森さんは駆けだした。

「ええ……？」

膝に力を込めてなんとか立ちあがると、足を引きずるようにして彼女のあとを追う。

小戸森さんは路地を何度も折れて、住宅街を抜け、坂道を下り、ようやく足を止めた。

少し遅れて追いついた僕は、激しくむせてからなんとか声を出した。

「ここ……空き地……？」

広大な空き地だった。あまりの広さにほとんど草原に見える。噂ではここに住宅やマンションが建つらしいのだが、いまは建設予定を示す看板すら立っていない。

小戸森さんはスマホをかかげた。

画面に自動ドアが映る。どうやらそれはマンションのエントランスのようだった。

カメラを上方に向ける。

落ちついたブラウンを基調にした、十階建てくらいのマンションだった。

ある一室の明かりがパッと灯る。

温かい光。未来のふたりの部屋だろうか？

小戸森さんはその部屋をじっと見つめていた。

「小戸森さんなら、ホウキで空を飛んで確かめられるんじゃない？」

そう提案したが、小戸森さんは脱力したようにスマホを下ろし、ゆるゆるとかぶりを振った。

「……ちょっと怖くなっちゃった」

「怖い……？」

「未来が分かってしまったら、現在のわたしたちの行動が変わって、未来が変わってしまうかもしれないから」

彼女は僕のほうを向いて微笑む。

「当たるも八卦当たらぬも八卦、くらいがちょうどいいのかもね」

「……そうだね」

　僕が彼女とこんなに親しくなれるなんて、入学した当時は考えもしなかった。もしもそれを事前に知っていたら、僕らは今と同じ場所に立てていただろうか？　分からない。でも、分からないからこそ、今が尊いと思える。

　僕らは先ほどの公園までもどり、「じゃあね」と別れの挨拶を交わした。背を向けた小戸森さんに声をかける。

「また明日」

　小戸森さんは振りかえり、微笑む。

「また明日」

　そして去っていった。

　遠い未来は分からないけど、とりあえず、明日もまた小戸森さんと会おう。今度はどんな魔法を見せてくれるのか。分からないからこそ不安だし、楽しみでもある。

◇

　翌日の朝、僕は一時限目開始の時間を自宅のベッドで迎えた。

「っくしっ‼」

僕はくしゃみをした。

風邪をひいたのだ。

寝不足で体調不良なうえ、走り回って汗びっしょりになり、くわえてソフトクリームを急いで食べて身体を冷やしたことが祟ったらしい。

熱が三十九度を超えて、起きあがるのもつらい。何日かは休むことになるだろう。

――また明日って言ったのに……。

占いの文言を思い出す。

『大切な人としばらく疎遠になるかも』

「それは当たるのかよぉ……！」

僕のガラガラ声が空しく部屋に響いた。

第十話　彼女の看病がやばすぎる

結論から言うと、恋の力で病は治らない。

先日、小戸森さんに連れ回されて風邪をひいた。そして熱が下がらず学校を二日休んだ。そのまま週末に突入し、今日は日曜日。風邪をひいてから四日近くたっているのに熱が一向に引かない。

このままでは小戸森さんに会えない日が増えるぞ？　それでいいのか、僕の身体。ベッドのなかで何度も問いかけてみたが、体調がよくなる気配もなく。

つまり、恋をしていようがいまいが、治るときは治るし、治らないときは治らないのだ。小説や映画のように奇跡など起こらない。

「会いたい……」

僕は何回目になるかも分からないため息をついた。部屋はもう、僕の吐きだしたため息だけで満たされているのではないだろうか。

そのときスマホが「キンコン！」と着信音を鳴らした。

サイドテーブルのスマホを手探りで探り当て、画面にポップアップされた通知を見た。

小戸森さんからのメッセージ。ここ毎日、体調を気づかう言葉を送ってくれている。僕が風邪をひいたのを、彼女は自分のせいではないかと気にしていた。

——全然そんなことないのに……。

あの日は僕の意志で彼女に付きあったのだから、あれは僕自身のせいだ。それに前日、寝不足だったのも自業自得。

今日も気づかいと謝罪の言葉が綴られているのだろうと思い、アプリを立ちあげた。

そこには予想だにしないメッセージが書かれていた。

『いま園生くんの家の前にいます』

僕はがばっと身体を起こした。高熱のせいで起きあがれないはずの僕の身体が、驚愕と歓喜のあまり火事場の馬鹿力的な力を発揮したらしい。

カーテンを開け、玄関を見おろす。

小戸森さんが立っていた。左手にレジ袋をさげ、右手で僕に手を振った。

お見舞いに来てくれたらしい。昨日、メッセージのやりとりで、家族が在宅しているかを気にしていたのはそのためだったのだ。

僕は節々の痛みも忘れ、ジェスチャーで、

『ちょっと待って。いま開ける』と伝えた。

すると小戸森さんは僕に手のひらを向けた。そしてその右手を、小さく前へならえをするみたいにして水平に移動させた。

『窓を開けて』と言っているらしい。指示されたとおり窓を開けると、彼女はあたりを見回し、少しだけ腰を低くするような動作をした。

ふわり、と彼女の身体が浮きあがる。そしてスズメのように飛びあがって窓から入ってきた。

小戸森さんは靴を脱ぎ、部屋の真ん中に降り立った。

彼女は右手に持っていた習字の小筆をレジ袋に入れた。あれに乗って飛んできたようだ。ホウキに形状が似ていさえすればなんでもいいらしい。

靴も一緒にレジ袋に入れてから、

「窓から失礼します」

と、小首を傾げるみたいに会釈した。

「あ、はい、ようこそ……」

僕は呆気にとられながらもなんとか返事をした。

彼女はグレーのカーディガンを脱ぎ、デスクチェアの背もたれにかけた。ミルク色をしたハイネックのTシャツと、スキニーデニムといった出で立ちだった。

「今日はラフなかっこうだね」

「看病をするからね。動きやすさを重視したの」

——看病？　お見舞いじゃなくて？

疑問を差しはさむ間もなく、小戸森さんは僕の肩に手を添えてベッドに横たわらせると、布団をかけ、僕の上でうんと腕を伸ばして窓を閉めた。

「あ、あの……」

「いいのいいの。園生くんはなにも心配しないで」

にこっと微笑んだ。

「と、その前に」

しかしつぎの瞬間、厳しい表情に一転する。そして身体から禍々しい威圧感があふれ出した。それはちょっと前、彼女の従姉である菱川さんが僕に魔法を見せたときの迫力に似ていた。

ちろ、と彼女の手の上で赤いものが動いたように見えた。

刹那《せつな》、赤は全身に広がる。

それは炎だった。生きているかのように揺れ動く炎、それに合わせて彼女の黒髪も触手かなにかのように蠢く。

「な、な、な……⁉」

「すぐ終わるから、横になってて」

横になっててと言われても、部屋のなかで愛しいひとが炎上しているのに安静にしていられるわけもない。僕は尻をこするようにして後じさり、背を壁につけた。

炎が床と壁に燃え広がった。

「うおっ⁉」

僕は慌てて背を壁から離した。

すぐそばで燃えているのに、まったく熱くない。ただの炎ではないようだ。

「菌の分際で……園生くんを……！」

小戸森さんが低い声で言ったと同時に炎が大きく燃えあがった。

「全滅させる……！」

火で滅菌しようとしているらしい。たしかに小戸森さんに伝染してしまっては大変だ。しかしオーバーキルが過ぎる。

腕を広げて天井を仰ぎ見る小戸森さんが、赤々とした炎に照らされている。

映画のラストシーンのような壮絶さをひしひしと感じさせる絵面だった。まだ看病のほうははじまってもいないのに。

彼女は怒りのほとばしった声をあげた。

「この世の、風邪の原因菌を、滅ぼし尽くす！」

「い、いや、そこまでしなくても……。菌も生きてるし……」

人生で風邪の菌に同情する日がくるなんて思ってもみなかった。

小戸森さんは指揮者が曲の指揮を終えるように拳を握った。と同時に部屋の炎もすっかり消えた。

「魔法を使うのに、はじめて術式を省略できた……。園生くんのおかげかな。ありがとうね」

なににお礼を言われたのか分からなかったが、彼女が嬉しそうなので、とりあえず「どういたしまして」とだけ返事をした。

◇

僕は経口補水液を飲んでいた。

いや、飲ませてもらっていた。

丸めた毛布で枕を高くして上半身を起こした。小戸森さんはデスクチェアをベッドのそばに引きよせて座り、ストローを差したペットボトルを、僕の顔の近くで両手で支えるように持っている。

「少しずつ飲んでね。いっぺんに飲むと吸収が悪くなるから」

「う、うん……」

経口補水液を吸い飲みながら、ちらと小戸森さんを見た。身体が弱り、気も弱っているからだろうか。今日の小戸森さんはいつも以上にまぶしく見える。

——というかこれ……こ、恋人……みたいじゃない……？

自分の部屋に小戸森さんがいるというだけでも平常心を保つのが難しいというのに、そう思い至った瞬間、恥ずかしさがこみあげてきて、

「自分で飲めるから、もういいよ」

と、突き放すようなことを言ってしまった。

自分で吐いた言葉の冷たい響きにはっとして、気を悪くしたのではないかと小戸森さんを見る。

でも彼女は微笑みをたたえたまま言った。

「遠慮しないで。園生くんは病人なんだから、いっぱい甘えていいんだからね？」

僕は思った。

——あ、好き。

僕のなかの小戸森さんへの好感度はとっくの昔にマックスだと思っていた。

でも、まだだった。『好きの向こう側』があったのだ。

「ちょっとお台所を借りていい？」

「いいけど、なんで？」

「煮込みうどんを作ろうかと思って」

「――あああああああああ、好きです‼」

　僕は居ても立ってもいられなくなったが、身体が動かせないので足の指を開いたり閉じたりすることしかできなかった。


台所へ向かった小戸森さんは十五分くらいでもどってきた。

「お鍋の場所が分からなかったから」

お盆には湯気のたった丼が載っている。

玉子と刻みネギのシンプルなうどんだ。出汁《だし》のよい香りが漂ってきて、食欲のあまりない僕ですら思わずごくりとつばを飲みこんでしまう。

彼女はデスクチェアに腰かけ、お盆をサイドテーブルに置いた。箸でうどんをつまみ上げ、レンゲに載せると、くちびるを少しとがらせて、

「ふーっ、ふーっ」

と息で冷まし、レンゲの下に手を添えながら僕の口に近づけた。

そして、言った。あの甘美な言葉を。

「はい、あーん」

はにかむような表情で、だ。

「好《す》っ……‼」

僕ははっとして口をつぐんだ。

——危ないっ……！

思わず告白してしまうところだった。

僕がそれを口にすれば、心に隙ができてしまったことを彼女に悟られ、きっと魔法でしもべの契約を結ばされてしまう。彼女が僕のしもべ化をあきらめるまで、あと約半年。それまで心の隙を悟られてはいけない。

「す？」

小戸森さんは小首を傾げた。僕は慌ててごまかす。

「す、す、す……ごくおいしそう」

すると彼女は、照れくさそうにうつむいた。

「あ、ありがとう……」

——あ、あ、あ……。

その愛らしい表情と仕草に僕は完全に打ちのめされていた。僕の心は息も絶え絶えだ。しかし『彼女のしもべではなく恋人になりたい』、その思いが、なんとか最後の一線の手前で僕を踏みとどまらせていた。

小戸森さんにうどんを「あーん」で食べさせてもらうという天国の責め苦をなんとか乗りきった。

枕の高さを元にもどし、僕は再び横になる。

小戸森さんは布団をかけ直して、僕の胸のあたりをとんとんと叩いてくれた。

お腹がいっぱいになったからか、それとも熱が上がったのか。身体がぽかぽかとして僕はうとうとしはじめていた。

彼女が僕の胸をとんとんと叩くたびに眠気は強くなっていく。

隣にいてくれる安心感も手伝って、僕はまどろみのなかに落ちていく。


……それにしても、今日はびっくりした。小戸森さんに会いたい会いたいとは思っていたけど、向こうから会いにきてくれるなんて。しかも看病までしてくれて……。

……そうだよ、看病してくれたんだよ、小戸森さんが。すごい。夢か。しかもなんだ、あの優しさ……。

……そしてあのうどん。めちゃくちゃおいしかったんですけど。ちょっと柔らかめに煮込んでくれたのも、僕が食べやすいように配慮してくれたわけでしょ？　なんなの？　気づかいのプロなの？　ああもう、ほんと……きれいだし……優しいし……かわいいところもあるし。

……天使、いや、女神。女神だな。魔女だけど。小戸森さん、マジ女神……。

「あ……？」

僕は目を開けた。一瞬だけ眠りに落ちてしまっていたらしい。

「ああ、ごめん。寝てた」

ベッドのかたわらに座っている小戸森さんを見る。

小戸森さんの顔がまるでハロゲンヒーターみたいに真っ赤っかになっていた。見開いた目の焦点が合っておらず、身体はぷるぷると震えている。

「え、ええ？　小戸森さん、まさか風邪がうつって……？」

「あ〜、うん、どうだろ？　風邪？　じゃ、ないかも？」

小戸森さんはひっくり返った声で言う。

「そ、そろそろ帰ろうかな〜」

と、立ちあがって、デスクチェアにかけてあったカーディガンを羽織る。そして胸や腰のあたりに手を当てた。

「あ、あれ筆……、筆……」

「レジ袋に……」

「あ～、あはは～。自分で入れたのに。失敬」

——失敬？

小戸森さんはレジ袋から小筆を捜し当てるとさっそく浮かびあがった。

「ちょ、小戸森さん、窓。まだ開けてない」

「あ、ほんとだ。困る～、あはは」

ふつうではない小戸森さんの挙動に、困っているのは僕のほうである。

僕が窓を開けると、彼女はすーっと滑るように宙を移動した。

ガン！　と肩が窓枠にぶつかる。

「痛っ！」

「ほんとに大丈夫？　具合悪くないの？」

「大丈夫大丈夫、あはは」

小戸森さんはひらひらと手を振った。

「お大事にね」

「小戸森さんも」

ふわ、と浮きあがって見えなくなった。

「変なの……」

窓を閉め、僕はベッドに横になった。

あの慌てよう、いったいどうしたんだろう。
――考えてみれば、そんなにすぐに風邪がうつるわけないし……。
目をつむっていると、またまどろみがやってきた。
が、そのとき、ある答えに思い至り、僕はかっと目を見開いた。
「まさか、まさかまさか……！」
僕はスマホを手にとると、小戸森さんにメッセージを送った。
内容はこうだ。
『僕、寝言言ってた？』
五分くらいして返信がきた。
『はい』
簡潔すぎる返事。でも僕を恥辱の淵に叩き落とすには充分すぎる威力だった。
「あ、あああああ、あああああああああ……‼」
僕は布団をかぶって悶えた。
――じゃあ、あの……かわいいとか、女神とか、全部、聞かれて……！
そう考えれば、小戸森さんの様子が急におかしくなったことにも説明がつく。
「うわああああああああああ……‼」
僕はのたうち回った。

こんなに動き回れる体力がどこに残っていたのだろうか？　うどんのおかげか。ともかく僕はしばらくのあいだ悶えに悶えた。

十分は身悶えただろうか、ようやく気持ちが落ちついたところでベッドを這いでた。暴れて汗でびしょびしょになった身体を濡れタオルで拭き、寝間着を取りかえる。

熱を測ってみると。

「下がってる……」

決して三十九度を下回らなかった体温が三十七度台まで下がっていたのだ。たっぷり汗をかいたおかげらしい。

先ほどの結論は撤回せねばなるまい。

『恋の力で病が治ることはある』

ただし、思ってたのとは違う。

第十一話　折り紙にこもるもの

放課後、僕はいつもの石垣に座り、ぼうっと頭上を眺めていた。赤く色づきはじめたトネリコの葉っぱがさわさわと揺れている。

隣に小戸森さんはいない。担任の本田先生に用事を頼まれたとかで、ちょっと遅れるらしい。

こういうとき、僕は大変に困る。時間を潰す手段がないのだ。

文庫本を持ち歩くほど読書家ではないし、スマホゲームの類はいっさいプレイしない。仕方なくニュースアプリを開いてみたが、あの人気テレビ番組のやらせ疑惑だの、かわいいミーアキャットの画像だの、興味のないものばかりですぐに閉じた。

――そうだ。

僕は鞄を開いてプリントをとりだした。斜めに折って、はみ出た部分を切り、正方形にする。

折り紙をしてみようと思いたったのだ。小学生のころはよく折っていた。難易度の高い作品に挑んでは、両親に見せて得意になってたっけ。

――どうだっけな。谷折り、谷折り……？

久しぶりだからあまり難しくない『やっこさん』を折ろうと思ったのだが、折り方が思い出せない。しかし不思議なもので、いったん折りはじめると、身体が覚えているのかみるみるうちにできあがった。

せっかくなので袴まで作ってやっこさんと合体させた。どちらも白だから見栄えはしないが、クオリティには満足だ。

ちょっと楽しくなってきて、もっとプリントは余っていないかと鞄を探っていると、道の向こうから小走りで小戸森さんがやってきた。

「お待たせ」

少し息が弾んでいる。僕との密会のために急いできてくれたのだと思うだけで、つい浮き立った気持ちになってしまう。

そのときはたと気づいた。このシチュエーションって――。

――あのセリフを言うべき場面じゃないか？

僕は緊張した。だって、デートの待ち合わせをしたときみたいだ。でも無言でいるわけにはいかないし、ほかに適当な言葉も思いつかない。

僕は咳払いをひとつして、あのセリフを言うべく口を開いた。

「ううん、全然待ってな――」

「えー！　なにこれ、園生くんが折ったの？」

小戸森さんの視線はかたわらに置いたやっこさんにそそがれていた。

「あ、ごめん。園生くん、いまなにか言った？」

「いや全然。なにも」

僕は首を振った。もうタイミングを逸してしまって、言いなおすのも恥ずかしい。

――ちょっと言いたかった……。

小戸森さんはやっこさんを持ちあげて、ためつすがめつしている。

「すごい。器用なんだね」

「それほどでも」

「園生くんってさ、けん玉できるでしょ？」

「まあ。結構うまいって言われたことは」

「多分、お手玉も」

「三つまでなら」

小戸森さんはぷっと吹きだした。

「やっぱり。そんな感じがする」

――僕、そんなに素朴な遊びが似合う顔してる？

「もっといろんなの折れる？」

「うん。でももう紙が」

「買ってくる。待ってて！」

小戸森さんは返事も待たずに駆けていった。

「え、ちょ」

彼女の姿はもう見えない。

――足速い……。

お金を渡そうと思ったのだが、呼びとめる間もなかった。

このままぼんやりと待っていても仕方ない。僕はノートを一枚破りとって正方形に切った。小戸森さんが帰ってくるまでに少しでも思い出しておこうと考えたのだ。

――時間がかからなくて、でもちょっと凝ってて、喜んでもらえそうなやつ。

目をつむって記憶を掘り起こしていると、タタタ、と走る足音が近づいてきた。

ぎょっとして目を開けると、息を弾ませた小戸森さんが１００円ショップのレジ袋を僕に差しだしていた。

「お待たせ」

「ううん。全然待ってない」

本当に待ってなかった。

◇

ノートを三冊重ねて膝の上に置き、テーブル代わりにして折り紙を折る。

小戸森さんが僕の手元を興味津々といった目で覗きこんでくる。それだけでも緊張するというのに、彼女の頭が顔のそばに近づくものだから、

『いい匂い……』

とか、

『髪つやっつやだ』

とか、

『頭の形まできれいだな』

などと雑念が頭をよぎり、手が震えそうになる。

しかしどうにか完成させて、小戸森さんに手渡した。

「手裏剣だ！」

やっこさんにふうっと息を吹きかける。するとやっこさんはぴょこっと立ちあがって、石垣の上を右に行ったり左に行ったりした。魔法で操っているらしい。

小戸森さんはやっこさんに向かって手裏剣を投げる。しかし遥か頭上を飛び越えていった。

「あ、けっこう難しい」

彼女は的をはずすたびに「あ～！」とか「う～ん……」と声をあげる。表情は真剣そのもの。まさに夢中、といった様子だった。

僕はもっと彼女を喜ばせたくて折り紙を折る。そして完成させた作品を、逃げ惑うやっこさんのそばに置いた。

「ペンギン！　すごい、かわいい……」

小戸森さんはペンギンを手にとって眺めたあと、やっこさんから離れた場所に置いた。

「あれ？　的にしないの？」

「だって、ペンギンがかわいそうだし」

「やっこさんはいいの……？」

「やっこさんは、ほら……概念だから」

——概念だったのか……。

よく分からないが、彼女のなかでは明確に区別されるものらしい。

「それより、ほかの動物も作れる？　猫とか犬とか」

「もちろん」

わりと簡単な部類だ。僕は五分ほどで両方とも作りあげた。もちろん猫のほうは小戸森さんが愛してやまない白猫のキャディさんをモチーフにして白い紙を使った。

彼女はボールペンで作品に顔を描きこむ。犬も猫も、妙にまつげが長い。

「かわいくない？」

満面の笑顔で僕に見せてくる。

「かわいい」

――小戸森さんが。

「でしょ」

得意そうに胸をはる。

「ほんとかわいい」

「そんなに？　照れる……」

気恥ずかしそうに長い髪を指に巻きつける。

――ああ、もう、ほんとかわいい……。

僕は彼女のかわいい表情がもっと見たくて、つぎつぎと作品を完成させていく。

「豚は折れる？」「カエルは？」「花も折れるの⁉」「クジラだ！」

小戸森さんは折りたてのカブトムシを、まるで壷でも鑑定するかのように眺めている。

たくさんの折り紙を折った。袋にはもう、金と銀の紙しか残っていない。

「さて、そろそろお開きに」

「もうひとつリクエストしていい？」

小戸森さんは先ほどまでのきらきらした表情を急に不安そうにさせた。銀色の紙をとりだし、僕に差しだしながら言う。

「ゆ、指輪って折れる？」

「折れると思うよ」

昔、一回だけ作ったような記憶がある。真ん中に箱を作って、余った部分を輪にするだけだったはずだ。

「ん？　あれ？」

しかし、さすがに一回折ったことがあるだけでは、すんなり完成とはいかないようだ。とくに箱の部分がうまくいかず、何度も折りなおす。

小戸森さんはじっと僕を見てくる。手元じゃなくて、僕の顔を、だ。そのせいで余計に緊張して手元が狂う。

ようやくどうにか完成したが、やはり何度も折りなおしたせいで形が歪《いびつ》だし、裏の白い紙がむき出しになってしまっている箇所もある。

「ごめん、あんまりうまくできなかった。もう一枚あるから、作りなおして——」

袋から金の紙をとりだそうとすると、小戸森さんが手で制した。首を横に振る。

「ううん。これがいい」

そして頬を染め、はにかむように笑う。

「う、うん」

なにが「うん」なのか分からないが、ともかく僕はそれしか言えなかった。小戸森さんの表情に全神経が集中して、言語にまでリソースが回せない感じだった。

「今日はありがとう。これ、全部もらってもいい？」

「もちろん」

小戸森さんは僕の作品をクリアファイルに挟みこみ、鞄に仕舞う。指輪だけはレジ袋に入れた。

「じゃあ」

嬉しそうな顔で手を振り、彼女は石垣を去っていった。レジ袋は、まるで夏祭りでもらった金魚の袋を持つみたいに、大事そうに手を添えて持っていた。

芸は身を助ける、ではないが、昔とった杵柄で、小戸森さんをあんなに喜ばせることができた。よくやったぞ、昔の僕。

帰り道、僕はふわふわとした気分で歩く。
——それにしても、どうして指輪だけあんなに喜んでくれたのかな。
そこではたと、ひとつの考えが浮かぶ。
——指輪……プレゼント……嬉しい……。
僕はぶんぶんと首を振った。
「まさかね」
あまりに突拍子もない考えに僕は恥ずかしくなって、ほとんど駆け足で帰宅した。

閑話二　続・ネコと和解せよ

小戸森さんより先に学校裏に到着した僕は、石垣に座って白猫のキャディさんを撫でていた。キャディさんは盛んに「ミャーオ、ミャーオ」と鳴いている。

最近、猫について調べることが多く、SNSなどを検索しているとよく『しゃべる猫』の動画が目につく。しかし一度もしゃべっているように聞こえたことはない。

「ねえ、キャディさん。小戸森さんと仲よくしてよ」

「ミャーオ」

——「ミャーオ」にしか聞こえないよなあ……。

やはり飼い主の親馬鹿的なものなんじゃないかと思う。

そのとき小戸森さんが小走りでやってきた。キャディさんは「フー……!」と威嚇する声をあげ、さくさくと落ち葉を踏んで林の奥へ逃げていった。小戸森さんは一瞬、悲しそうな顔をしたが、すぐに笑顔を取りつくろって僕の隣に腰かけた。もうキャディさんと仲よくなることはあきらめてしまったかのようだった。

彼女は鞄からビニール袋をとりだし、中身を芝にぶちまける。

それは赤や青、黄などの色をした骨に見えた。長さは三、四センチといったところだろうか。それが十本くらい。

「ナックルボーンだよ」

小戸森さんが説明してくれる。

「ヨーロッパのおもちゃ。起源は古代ギリシャの未来を予言するための占い道具で、当時は羊の骨で作られていたんだって。遊び方は、一本を上に放り投げて、落ちてくるまでに地面の一本を拾って、落ちてきたボーンもキャッチする。拾う骨の数をどんどん増やしていって、先に失敗したほうが負け」

「ちょっとお手玉に似てるね」

「そうなの！」

思いのほか大きな声に、僕はびくりとなった。

「前に園生くん、お手玉得意って言ってたからな～。負けちゃうかもな～」

要領は似たようなものだから、多分、上手にできると思う。それにゲームは本気でやったほうが面白いから、手を抜くつもりもない。

「負けないよ」

「じゃあ罰ゲームをしない？　負けたほうが勝ったほうの言うことをなんでも聞く」

「なんでも？」

「あ、常識の範囲でだよ？　あんまりその……変なこととかはダメだからね？」

――なんでも……。

僕は大いに悩んだ。小戸森さんにお願いしたいことがなにも思い浮かばないのだ。

――ほとんど満たされちゃってるからなあ……。

彼女の放課後の時間を独占できるというだけでお釣りがくるくらいだ。しいていうなら恋人になりたいけど、「付きあえ」なんて命令、『変なこと』に入るだろうし。

「関係ないけど、このゲームで勝ったある男性が、負けた女性にプロポーズしたっていうロマンチックなお話もあるんだよ、関係ないけど」

ちらちらと僕を見る小戸森さん。

「素敵だね」

「でしょ！　素敵なの。そういうのって、やっぱりちょっと憧れる」

またちらちらちらと僕を見る小戸森さん。

「だよね」

「なの！」

小戸森さんは鼻息が荒い。

でも僕は彼女の話を半分くらいしか聞いていなかった。なぜなら彼女の背後、木の陰からキャディさんが顔を出しているのが気になっていたから。

――小戸森さんを見てる……？

菱川さんが以前、キャディさんはこのあたりのボスで、非常に賢く、ひとの言葉も理解していると言っていた。

——観察してるのかな。

「どうしたの？」

我に返る。小戸森さんが心配そうな顔をしていた。

「な、なんでもない。じゃあ、ゲームをはじめようか。負けないよ」

僕はゲームの開始を宣言した。

「負けたあ！」

僕はあっさり負けた。小戸森さんは呆気にとられている。

「園生くん、お手玉得意なんだよね……？」

「同じ要領だと思ったんだけどなあ。やっぱり横文字のゲームだからかな」

「横文字」

小戸森さんは「ぐふっ」と吹きだし、顔をうつむけ、肩をぴくぴくさせる。

「ご、ごめん、園生くんの昭和っぽい発言を久々に聞いたから」

「それはいいけど、命令して」

「え、命令？」

「負けたら罰ゲームでしょ？　勝ったほうの言うことをなんでも聞く」

小戸森さんは狼狽した。

「え、そんな……、なんでもなんて言われても困る！」

「小戸森さんが言いだしたんだけど……」

「分かった。――三回勝負にしよう」

「それ勝ったほうが提案するやつ……？」

「じゃあ命令！　三回勝負！」

「それは構わないけど……」

僕はちらっと小戸森さんの後方に目をやった。キャディさんが牙をむき出しにして、いかにも不機嫌そうな顔をしている。

――……？

なにが気に障ったんだろう。さっきまではふつうの顔だったのに。

パン、と小戸森さんが手を叩いた。

「さ、園生くん、集中集中。今度は頑張って」

「う、うん。今度は絶対勝つよ」

「負けたあ！」

僕はあっさり負けた。小戸森さんは額を手で押さえ、呆然としている。すごい落ちこみようだった。

「なんで……なの……」

「それ勝ったひとのリアクション……？」

「手、抜いてないよね？」

「本気でやってる。小戸森さんが強いんだよ。――それより、命令」

「あ、う……」

小戸森さんはおろおろしている。

「な、泣きの一回！」

「だからそれ、勝ったほうが提案するやつ……？」

「じゃあ命令！　もう一回！」

「いいけど……」

僕はまたちらっと小戸森さんの後ろを見た。キャディさんがさっきよりも不機嫌そうな顔で毛を逆立てている。

前回も今回も、小戸森さんが僕に再戦を命令したタイミングで表情が変わったように見えた。

――命令内容が気に食わない……？

たしかに勝者の命令ではないけど、そこまで怒ることだろうか？　それともほかに理由がある……？

パンパンと小戸森さんが手を叩いた。

「ほらまた上の空。そんなだから負けちゃうんだよ。今度は勝とう！」

「う、うん。期待に応えるよ」

「負けたあ！」

僕はあっさり負けた。小戸森さんが肩を落とし、悄然としている。

「……」

今度は言葉もない。勝てば勝つほど意気消沈するってなんなんだろうか。

「ごめんなさい……」

よく分からないが、僕は謝った。

「いいの……。園生くんは悪くない……」

「ありがとう。――それで、命令を」

「う……」

気まずそうな顔になった――と思ったら、その顔が徐々に赤く染まっていく。

「変なことを命令しようとしているわけじゃないよね？」

「ぜ、全然！　すごく……その……崇高なことを考えてた！」

――崇高なことを考えて、顔が赤くなる……？

「じゃあ、それを命令してよ」

「い、いいの？」

「だってそういうルールだから。はい、どうぞ」

僕は居住まいを正す。小戸森さんは真っ赤な顔で僕をじっと見た。

「わ、わたしと……」

「小戸森さんと？」

「つ、つ、つ、付きあ」

「……？」

「つ、つぎも！　一緒に遊ぶこと！」

「もちろん。というかそれ、べつに命令されなくても」

「はい、じゃあ今日は解散！」

小戸森さんがナックルボーンを回収して石垣を離れようとしたところ、キャディさんが木の陰からおもむろに姿を現した。そして小戸森さんの前に立ちはだかる。

「ミャーオ」

小戸森さんは顔を伏せ、キャディさんの横を通りすぎ――ようとしたところ、キャディさんが通せんぼした。

　そして小戸森さんをじっと見あげる。

「え、な、なに……？」

　戸惑う小戸森さんが僕に助けを求めるみたいな目を向ける。僕は首を傾げた。

「関係あるか分からないけど、ゲームをしているあいだ後ろから小戸森さんのことをずっと見てて、なんかすごく不機嫌そうだったんだよね」

「わたしを見て不機嫌に……？　というか園生くん、キャディさんに気をとられてたから負けたんじゃないの？　集中してって言ったのに」

「いまそれよくない？」

　そのときだった。石垣の上を黒猫がこちらに歩いてくるのが見えた。印象的な黄色い瞳に覚えがある。以前、キャディさんのアプローチを袖にしたあの黒猫だ。

　黒猫はキャディさんの隣に座ると、なんとキャディさんの身体をぺろぺろとなめて毛繕いをはじめた。

　キャディさんは気持ちよさそうに目を細めている。ときおり、ぱたっ、ぱたっ、と尻尾が動く。

　そして交代。今度はキャディさんがお返しとばかりに黒猫の毛繕いをした。

　なんとも平和な光景だった。

——なごむ……。

しかし小戸森さんは猫たちの仲睦まじい様子を真剣な目で見つめていた。

「キャディさん、あきらめなかったんだ……」

ぼそりとつぶやくように言う。

「好きだって気づいてもらえなくても、ずっと」

そしてなにかを決意したように頷くと、キャディさんのほうへと踏みだす。黒猫は一目散に逃げてしまったが、キャディさんは動じず、小戸森さんを見つめている。

僕は目を丸くした。

——キャディさんが怒らない……！

小戸森さんはしゃがみこみ、小声で話しかける。

「ありがとうね。キャディさんは、わたしのことを心配してくれたんだよね。ごめん、臆病で。焦れったいよね」

その声は風に乗って僕の耳まで届いた。ミャーオ、ミャーオと鳴くキャディさん。

「でもね、これがわたしなの。真剣だから、臆病になるの」

なんの話をしているんだろう？　よく分からないが、ふたりの距離が急速に縮まっているのは分かる。

小戸森さんはキャディさんに微笑みかける。

「頑張るから。見守ってくれる？」

キャディさんは「ウォ～ン」と鳴く。まるで「うん」と返事をしてるみたいだ。

小戸森さんがキャディさんに手を伸ばす。

「え……？」

僕は驚いて声をあげてしまった。

だって、前はあれほど小戸森さんを威嚇していたキャディさんが、大人しく抱きあげられたのだから。

ミャーオ、ミャーオ、と鳴き声をあげるキャディさん。頬を寄せ、嬉しそうに顔をほころばせる小戸森さん。

「キャディさん、『摩葉、摩葉』って言ってる。そう思わない？」

「うん」

頷く。

「完全に言ってる」

もう、そうとしか聞こえない。

第十二話　会いたくて会いたくてつながる

冬休み前の最後の密会が終わった。

「じゃあまたね」

と、笑顔で手を振り、去っていく小戸森さん。

——あっさり……。

冬休みが明けるまで会う機会がなくなり、僕は憂鬱で憂鬱で仕方ないというのに。

夏休みに入るときも憂鬱ではあったが、休みが終わればまた会えるし、と我慢できた。しかしいまは、あのときよりもずっと、つらい。僕のなかで小戸森さんの比重が大幅に増しているようだった。

それに、明後日はクリスマスイブだ。プレゼントを買って、チキンを買って、ケーキを買って、なんて企業の広告戦略に踊らされるつもりはないけど、爺むさいと言われる僕でも「好きなひとと過ごしたい」くらいは思う。だから余計につらいのだ。

家に帰ってからも、家族に体調を心配されるくらい僕はヘコんでいた。大好物であるタラの白子の味噌汁も、いつもはおかわりするのに一杯しか食べられなかった。

ため息ばかりが出る。もう呼吸をしているのかため息をついているのかもよく分からない。

僕はベッドに倒れこみ、何度目になるか分からないため息をついた。

小戸森さんの顔が思い浮かび、幸せな気分に満たされるも、しかししばらく会えないという事実を思い出し、ヘコむ。その繰りかえし。

「ああ……」

――会いたい。

某人気歌手が歌うには会いたいと震えてしまうらしいが、たしかにいま、僕の身体や視界はぐらぐらと揺れていた。

「いや――」

僕は弾かれるように起きあがった。

「地震だこれ⁉」

その瞬間、ズズン！　と家が縦に揺れてベッドから落ちそうになった。

体験したことのないような強い揺れに呆然としていると、階下から母親の心配する声が聞こえた。僕は「なんともない」と告げ、スマホを確認する。ニュースアプリを開いてみるが、地震速報はなかった。少し待ってから更新してみても変わらない。

不審に思いながらも停電も通信の途絶もないため、「まあいいか」と僕はもう寝ることにした。今日は冷えこんでいるので毛布をかけようと押入の戸を開ける。

毛布がなかった。いや、毛布がなかったどころの話ではない。

押入がなかった。戸を開けたその先に広がるのは、見知らぬ部屋。押入が誰かの部屋とつながったとしか思えない状況だった。

驚きのあまり声も出なかった。しばらく呆然と突っ立っていたが、ふわりと香ってきた桃のような香りに、僕は現実に引きもどされた。

これは小戸森さんの香りだ。

僕はその部屋のベッドを見た。照明の消された部屋。僕の部屋からの明かりが入りこんで、ベッドの掛け布団がふくらんでいるのが分かる。

ふくらみがもぞりと動いた。そしてかすかなため息。

いつも聞いている小戸森さんの声と息づかいだ。僕が間違えるわけがない。

確信を持って、声をかけた。

「小戸森さん」

布団のふくらみがびくりとした。しかし起きあがろうとはしない。

僕は首を傾げた。そもそもどうして寝ているんだろう？　この超常現象を仕掛けたのは彼女ではないのか？

「小戸森さん、起きてるんでしょ？」

布団の端がめくれ、顔の上半分だけが出てくる。やっぱりそれは小戸森さんで、その仕草のかわいらしさと彼女に会えた嬉しさで、僕は笑ってしまった。

「なん、なん、なん……⁉」

ベッドサイドのリモコンで電気をつけ、小戸森さんは僕の顔を、目を見開いて見た。

「なんで……⁉」

「小戸森さんがやったんじゃないの？」

「――わたしはなにも」

妙な間があったが、彼女の驚き方を見るかぎり嘘ではないようだ。

僕と会えなくなって寂しい小戸森さんが部屋と部屋を魔法でつなげた、なんてことはなかったらしい。それはちょっと残念だったけど、しばらく会えないと思っていた彼女の顔を見られたのだから補って余りある。

小戸森さんはベッドから降りると、こちらまでやってきて床に正座した。僕も釣られて正座し、言った。

「いまさらだけど、こんばんは」

「あ、うん。こんばんは」

小戸森さんはまだなんとなく釈然としない顔で髪を撫でている。

ロングヘアはサイドテールにゆるく結われている。寝るときはいつもこうしているのだろう。

ふわふわと起毛したパジャマはピンクで、白の水玉がちりばめられている。ゆったりとしたサイズで、身体のラインが出ているわけでもないのに、『このかっこうでいつも寝ているのか』と思うとドキドキしてまともに見られない。

視線をそらした先にはベッドがあり、その宮棚の上や枕の横には、大小様々な猫のぬいぐるみが置いてある。黒猫もいるが、小戸森さんが偏愛する白猫がやはり目立つ。

視線に気づいた小戸森さんは「あ……」と小さな声をあげ、恥ずかしそうに顔をうつむけた。髪をせわしなく撫でる。

「いままで猫に好かれなかったから、せめてぬいぐるみをと思って。最近は園生くんのおかげでキャディさんと仲よくなれたけど」

「僕はなにもしてないよ。あれは小戸森さんの努力だと思う。――それにしても、キャディさんとの仲が進展しなかったのって、小戸森さんが好きって気持ちを前面に出しすぎてたからなのかな」

小戸森さんはぎょっとしたような顔になった。

「そ、それ、なにかの皮肉とかではないよね……？」

「？　もちろん」

僕が小戸森さんに皮肉を言うわけがない。まあ、少しだけ自分に対する皮肉――というより、戒めは込めたけど。

あまりじろじろ見るのはよくないとは思いつつも、やはり好奇心には勝てず、僕の目は勝手に動いて部屋を見回してしまう。

クローゼットの横に姿見がある。身支度など洗面台の鏡で事足りる僕には無縁のものだ。棚はインナーボックスできちんと整理されている。これは真似させてもらおう。

そしてテーブルの上のお盆には一口チョコ——の包装フィルムの山。

「ちゃんと歯、磨いた？」

小戸森さんは「なぜそんなことを聞くのか」というような顔をした。僕の視線を辿り、その先に一口チョコの墓場があることに気がつく。

「あ、はっ、こ、これは違うから！」

と、お盆をテーブルの下に隠す。まったく意味のない行動だ。彼女の慌てっぷりが見てとれる。

「今日は甘いものを食べていい日だったから……！　ふだんは節制してるしっ」

甘いもの解禁日ということで、アソートパックのチョコをぺろりと平らげたらしい。

そういえば以前、スマホで未来の人物を追跡したとき、すぐにでも移動しなければ見失うというのに小戸森さんは『歩きながら食べるのは失礼』という理由から、ソフトクリームを直立不動で味わっていた。甘いものには格別のこだわりを持っているらしい。

そのとき、小戸森さんがなにかの物音に気づいたように驚いた顔でドアのほうを見た。

「あ、お姉ちゃん……！」

「え、菱川さん？」

「今日来るの忘れてた……！　園生くん、隠れて！　早くそこに隠れて！」

「いや、隠れるっていうか、ここ僕の部屋だし」

「じゃあ閉めて！　来ちゃうから！　早く早く！」

言われるがままに押入の戸を閉める。とほぼ同時に、戸の向こうでドアの開く気配がして、

「ちわーす、お届けにあがりましたー！」

と、菱川さんの声が聞こえた。

僕は戸の横の壁に背をつけ、息をひそめる。

「お、もう寝てたん？　あいかわらずマーのパジャマ姿はかわいいな、ほんとにもう！」

「ちょ、ちょっと、お姉ちゃん！　変なとこ触らないで……！　――あっ……」

――「あっ……」ってなに……⁉

僕は変な動悸がして胸を押さえた。

「部屋に来るたび抱きつくのやめてよ、もう……」

　と言いつつ、小戸森さんは満更でもないような声だった。

「ただの挨拶のハグじゃんか。親愛の証しだよ」

　へっへっへー、と菱川さんは悪びれない様子で笑う。本当に仲がいい。

「ところで、例のブツ、持ってきやしたぜお嬢さん」

　鞄かなにかをごそごそする音。

「パッパラパッパパパーッパパー！　変装メガネー」

「ちょ、お姉ちゃん、声が大きい……！」

「まだ夜の八時だよ？　気にしすぎだって」

「そ、そうだけど」

「道具をとりだすときの音楽、みんなは『テレレッテッテレー！』ってやりがちだけど、正確には『ピカピカピカン！　パッパラパッパパパーッパパー！』だから。ちなみにもう一個のほうは『テーッテテーッテテレレレー、テン！　ドン！』」

「ごめん、よく分からない」

「ええ、今日のマー、クール。——のわりに、なんで汗だく？」

「え、ええと、ま、まだあったかパジャマは早かったかな、は、はは」

　僕が戸の向こうにいるからだろう。

　菱川さんが言う。

「まあいいや。オーダーのとおり、このメガネをかけるだけで別人に――」

「う、うん、分かった。ありがとう」

小戸森さんは菱川さんの言葉を遮るように言った。

「こんな魔導具どうすんの？　――なんて、だいたい察しはつくけどさ」

くつくつと笑う菱川さん。

「これがあったところで、マーにその勇気があるかな？」

「あ、あるもん。――頑張るって約束したし……」

「誰に？」

「小さい友達」

「……そっか、頑張れ」

菱川さんの優しい声。そして床を踏む音とドアを開ける音。もう帰るらしい。

「あ、待ってお姉ちゃん」

「ん？」

「次元を歪める魔法ってある？」

「次元を歪める？」

「どこか遠くとつながるような」

菱川さんは「ふむ」とうなった。

「あるにはあるけど、神の領域だね。一般的な魔女に使えるような代物じゃないよ。少なくともひとりでは」

「『ひとりでは』？」

「A地点とB地点をつなぐとして、その両方でよほど強い想念がまったく同時に、偶然に起こらないと。狙ってできるようなものじゃないよ。ほとんど奇跡。――でも急になんで？」

「う、うん。本で読んで気になって」

「ふうん……？　ま、いっか。グッドラック、マー」

ドアが閉まる音。菱川さんは帰ったようだ。

押入の戸が向こうからノックされた。僕はおずおずと戸を開く。

ぐったりと疲れた様子の小戸森さんがそこに立っていた。

「お、お疲れ様です……」

彼女はこくりと頷くだけ。

「もう寝たほうが」

「うん。――あ、待って」

小戸森さんは目をつむった。真剣な表情だ。胸に手を当て、深呼吸をする。

そして僕を見すえた。

口を開く。でも言葉は出てこない。

「な、なに？」

小戸森さんの目が泳ぐ。そしてついに顔を背けてしまった。

「ね、寝るね！　おやすみっ」

彼女はベッドに飛びこんで布団をかぶり、電気を消した。

「……おやすみ」

名残惜しさを感じながら押入の戸を閉めた。

僕もベッドに入るが、戸を一枚隔てた向こうに小戸森さんが寝ていると思うと寝られるものではない。少し眠気がやってきたと思っても、向こうから衣擦れの音が聞こえてくるだけで目が冴えてしまう。

そんなことを繰りかえしているうちに、ふと気がつくと、部屋が明るくなっていた。

なんだかんだと少しは眠れたらしい。

僕はベッドから出ると、押入の前まで行き、声をかけた。

「小戸森さん？」

返事はない。戸をノックして、もう一度声をかける。

「小戸森さん？」

やはり返事はない。僕はおそるおそる戸を開いた。

そこは押入だった。元にもどってしまった。昨日、出そうと思っていた毛布もちゃんとそこにある。

当たり前の光景。でも、一度あの経験をしてしまったあとでは、その光景はひどく寒々しいものに見えた。

その日は一日中、家で過ごした。朝食も昼食も夕食もおいしいし、読もうと思っていた本も面白い。宿題もはかどった。でもふとした瞬間に浮かびあがってくる寂しさはいかんともしがたく。

僕はデスクチェアを回転させて、押入の戸を見た。立ちあがり、近づく。

——もし、押入がまた小戸森さんの部屋につながっていたら。

引き手に手をかける。

——誘う。

そう願をかけて、僕は戸を引いた。

小戸森さんが立っていた。

驚いた顔をしている。でもすぐに笑顔になって、彼女は言った。

「明日、空いてる？」

◇

十二月二十四日、クリスマスイブの夕刻。僕はカラオケ屋『歌い屋』の看板の前に立ち、小戸森さんを待っていた。

『明日、空いてる？』

昨日、小戸森さんにそう尋ねられたとき、これは夢なのではと疑った。

なにせ『明日』といえばクリスマスイブだ。『混野高校の奇跡』とまで謳われる小戸森さんに誘われるなんて、それこそ奇跡である。

『あ、空いてるけど……』

どぎまぎしながらなんとか答え、つぎの言葉を待つが、小戸森さんはなにも言わない。口を少し開いたまま、はあはあと荒い息をしている。

怪訝に思って顔を覗きこむと、彼女は急に大声で言った。

『園生くんに実験台になってほしい！』

『……はい？』

小戸森さんは明後日のほうを見ながら、ぶつぶつつぶやくように言う。

『ま、魔導具を、手に入れたの。それを試したい』

——あ、そういうことか……。

菱川さんが魔導具を作って持ってきたようなことを言っていた。たしか変装メガネだったか。

期待していた展開ではなかったけど、小戸森さんと過ごせるならと思い、「いいよ」と答えようとした。

『い』

『それを身につけて、一緒に街を回ってほしい』

『もちろん！』

今度は僕が急に大声を出す番だった。小戸森さんは首をすぼめている。

『いもちろん……？』

『もちろん』

殊更はっきりと言いなおした。

それが昨日のことである。

理由はどうあれ、クリスマスイブに小戸森さんと出かけられるだけでも上々ではないか。今年はこれでいい。でも願わくば、来年のクリスマスイブは、

「こ、恋人として、なんて……！」

背後に誰か立つ気配がした。小戸森さんだろうか。僕は独り言を聞かれたのではと狼狽し、振り向くと同時に言った。

「や、やあこんばんは！　晴れてよかっ……」

そこには見知らぬ男性が立っていた。年の頃なら二十代前半、なんだか高そうなレザージャケットを着て、ヘアワックスでばっちり髪も決まっている。シルバーのピアスもよく似合っていて、とてもお洒落な感じのひとだった。

男性は言った。

「もしかして彼氏にすっぽかされたの？」

「い、いえ」

──……ん？　彼氏？

固まる僕に構わず、男性はつづける。

「実は俺もすっぽかされてさ。そういうひとたちで集まって騒ごうと思ってるんだけど、君もどうかな？」

「い、いや、僕はべつにすっぽかされては」

「え、もしかして君、ボクっ娘？　意外～」

このひとはなにを言っているんだろう。ボクっ娘もなにも、僕は男──。

何気なく目元に手をやると、いつもはそこにないはずのものが指に触れた。

――あ、メガネ。

小戸森さんから渡され、今日、必ずかけてくるよう言われていたメガネだ。

菱川さん特製のこのメガネをかけると魔法で別人になれる。しかし実際に姿形が変わるわけではない。メガネから出る魔力で身体を覆い、相手に幻覚を見せるのだ。

その幻覚とは『一番見たいひと』。

つまり、この男性に僕はおそらく『クリスマスイブを一緒に過ごしたい、好みの女の子』に見えているのだろう。

背筋が寒くなった。恐怖で身を強ばらせていると、急に手首をがっとつかまれた。

「ひっ」

しかし手首をつかんだのは男性ではなく、後ろから現れた小戸森さんだった。

「すいませーん、みんな待ってるんでー」

小戸森さんは男性にそう言うと、ぐいぐいと僕を引っぱって男性から引きはがす。

そして充分に距離をとったあと手を離した。

「あ、ありがとう、助かった」

「どういたしまして」

小戸森さんは口を押さえてくつくつと笑っている。

「園生くんがっ……ナンパされてっ……！」

「ほんと怖かった……。でも小戸森さん慣れてたね、かわし方」

「お姉ちゃんの真似。一緒に歩いてたら、しょっちゅう声をかけられるし」

さもありなん。小戸森さんと菱川さんが街を歩いて、声をかけられないほうがおかしい。

そのときふと疑問が浮かんだ。僕は腕を広げて尋ねた。

「僕はどんなふうに見えてるの？」

「どんなって、いつもよりちょっとお洒落な園生くん、かな」

含み笑いをしていた小戸森さんが徐々に真顔になる。そして急激に顔を赤くしたかと思うと、言い訳がましく言った。

「ち、違うから！　その……ま、魔女には効かないの、そのメガネ！」

「そっか、そりゃそうだよね」

僕に見えるってことは、小戸森さんが『一番見たいひと』は僕自身ってことだと思って――。

――一瞬、すごく喜んでしまった……。

「行こっ」

彼女はちょっと怒ったみたいな声で言って、歩いていってしまう。

魔導具のテストにかこつけて小戸森さんとクリスマスイブを満喫しようと思っていたのに幸先が悪いったらありゃしない。

「待ってよ！」

僕は慌てて小戸森さんのあとを追った。


とりあえず軽くショッピングでもという話になり、大型スーパー『ディオン』へと並んで歩きはじめた。

「そういえば魔女って――」

ふと疑問が浮かび、尋ねようと横を向くと、彼女の姿が忽然と消えていた。

振りかえると、小戸森さんはハンバーグレストラン『たっぷりモンキー』の店の前で立ち止まり、なにかを熱心に見つめている。僕は彼女のところまでもどって彼女が見ているものを見た。

大きな垂れ幕に肉汁ととろけたチーズがあふれ出るハンバーグの写真が印刷されていた。その上には荒々しい筆文字でこう書かれている。

『来たれ、チーズ好き　ダブルチーズパケットステーキ　三十日まで』

「食べたいの？」

「え⁉　い、いや～、わたしは……、コンナニ大キイノ食ベラレナイカラー」

ここまで棒な棒読みを聞いたのは生まれてはじめてだ。

「で、でも、園生くんが食べるなら、ちょっと味見させてもらおうかな～……」

小戸森さんは僕を上目遣いで見た。

「ごめん、僕、とろけるチーズ得意じゃないんだ」

「ア、ソウデスカ……」

さっきの棒読みより棒だ。生まれてはじめてがこんなに早く更新されるとは思いもしなかった。

小戸森さんはとぼとぼと歩きはじめる。

——僕、なんか間違った……？

そういえば彼女は一昨日、一口チョコの墓場を見られて大慌てしていた。たくさん食べるのを見られるのってそんなに恥ずかしいんだろうか。僕はむしろ、ご飯をもりもりおいしそうに食べるひとを見るの、好きなんだけどな。

僕は小走りで小戸森さんの横に並んだ。

『ディオン』に入る。外もひとがたくさんだったけど、店内はさらに密集していて、半歩ずつしか歩けないほどだった。

ようやく衣料品売り場に到着し、小戸森さんは棚のカゴに盛られたシュシュを物色する。

　いよいよデートらしくなってきて緊張する僕は、彼女との距離感に迷っていた。近づきすぎればなれなれしいし、かといって離れすぎると水臭い感じがする。

　――も、もう一歩だけ近づくか……？

　僕が一歩を踏みだそうとした瞬間、小戸森さんが嬉しそうな顔で、

「これよくない？」

と、シュシュをとりあげて僕に見せてきた。

「い、いいと思うよ」

　僕は足を引っこめた。

　最近、小戸森さんが僕に子供っぽい表情を向けてくることが多くなってきた。前は、それは菱川さんの特権だったのに。

　一歩近づくことはできなかったけど、心の距離は近づいた気がした。

　楽しそうにシュシュを選ぶ小戸森さんの横顔をぼうっと見る。

　ぼうっとしてしまったのは、見とれているのもあるが、そろそろ人波に疲れてきたというのもある。僕はあまり人混みが得意ではない。だからお祭りやイベントがある日は極力外出しないようにして、いままでの人生を歩んできた。

　ふと気がつくと、小戸森さんが僕の顔をじっと見ていた。

「な、なに？」

小戸森さんは手にとっていたシュシュをカゴにもどした。僕がぼうっとしていたから、つまらなそうな顔をしているととられて、機嫌を損ねてしまったのだろうか。

「あ、ごめ――」

「甘いもの食べたくない？」

僕の謝罪を小戸森さんの食欲が飲みこんだ。

「え、甘いもの？」

「行こっ」

小戸森さんは手招きしてエスカレーターのほうへ歩いていく。僕は慌てて彼女のあとを追った。

小戸森さんが向かったのは一階の食品売り場。その一角に店を構えるケーキ屋『森元』だ。彼女はそこでショートケーキをふたつ買い、出口に向かって歩いていく。

「もう出るの？」

「いいところに連れていってあげる」

僕らは外に出て、立体駐車場のスロープ下の暗がりへ向かう。

小戸森さんが背中から刀を抜くような動作をすると、その手に竹ぼうきが現れた。

彼女は竹ぼうきを水平にすると柄に腰かけて、ふわりと浮かぶ。

「さ、園生くんも後ろに乗って」

「う、うん」

言われたとおりに腰かけ、小戸森さんの背中を見る。

「あ、あの、どこにつかまればいいでしょう……？」

なぜか敬語で尋ねてしまった。

「え、あ……。こ、腰──あ、やっぱり肩で！」

多分、腰に手を回すのが一番安定する。でもそれはまだ早いというか、いまの僕らの距離感ではない感じがした。

肩をつかむ。

──細っ……。

僕はいったん手を離し、今度はつかむのではなく、手を乗せるだけにした。なんだか壊してしまいそうで怖くなったのだ。

「目をつむって。着くまで絶対に目を開けないでね」

僕は言われるがままに目をつむった。

足が地面から離れる。ふわりとした浮遊感。ひんやりとした空気が顔を叩く。

──どこに連れていかれるんだろう？

雰囲気のいい、たとえば夜景のきれいなところとか、ロマンチックなところ？

様々な候補地に思いを巡らせていると、

「はい、着いた」

と、小戸森さんの声が聞こえた。

「え？」

――早くない？

何分も飛んでいない。混野市内でそんなロマンチックな場所なんてあったっけ？

足が地面につく。小戸森さんは、

「まだ開けちゃ駄目だよ」

と言って、僕の手首を引いて誘導する。

そして立ち止まった。

「はい、開けて」

僕はまぶたを開いた。

「ここ……」

僕はきょとんとした。

そこは――。

「石垣……」

放課後に密会をする、いつもの学校裏の石垣だった。

僕は戸惑って小戸森さんを見る。

「なんか疲れちゃって。わたしたちはやっぱり、こっちのほうが落ちつくよね」

ちょっと苦笑いみたいな顔をして小戸森さんは言った。

「……そうだね」

僕もちょっとクスッと笑ってしまった。

クリスマスイブだからって無理に背伸びをすることなんてなかったんだ。僕らには僕らのやり方がある。

嬉しかった。なにより、彼女とその気持ちを共有できたことが嬉しい。

ふたりで冷たい石垣に腰をかける。箱を開けて、小ぶりなショートケーキを手づかみする。

「ちょっと待ってね」

小戸森さんはショートケーキの上で指を鳴らした。するとそこに線香花火みたいな光が現れて、ちりちりと爆ぜた。

「クリスマス、って感じだね」

「でしょ？」

「そういえばずっと聞きたかったんだけど——魔女ってクリスマス祝うの？」

「……いまさらそれを言う？」

小戸森さんはジト目で僕をにらんだあと、ぷっと吹きだした。

魔法の光に照らされた、小戸森さんの笑顔。僕はその顔を見ながら、ケーキを口に運んだ。

いつもどおり石垣に座って、お菓子を食べながらおしゃべりをする。特別な日だけど、全然特別じゃない。でも特別じゃないことが、僕はなにより嬉しかった。

第十三話　ファッションモデル・小戸森さん（仮）

冬休みが明けた。僕は放課後の密会へ向かう。

しかし足を向けたのはいつもの石垣ではない。真冬にあの場所はさすがに寒すぎるという理由で、以前、菱川さんと話をした場所——屋上へつづく階段室を冬期限定の密会場所にしたのだ。あの場所も『あちらの世界とこちらの世界の境界』であり、魔女と一緒にいれば誰かに気づかれることはない。

階段室では、壁にもたれるようにして小戸森さんが座っていた。校内とはいえここもそこそこ寒いから、彼女は首にマフラーを巻いている。サイドの髪はマフラーの外側に、バックの髪は内側に入れている。

僕はこの『髪の長いひとがマフラーを巻いたとき、後ろの髪がふわっとふくらむ』感じがすごく好きだ。本当に小戸森さんは僕のツボを的確についてくる。

彼女はめずらしく雑誌を読んでいた。

「なに読んでるの？」

隣に座って尋ねると、彼女は表紙を見せてきた。

お洒落をした若手女優がじっとこちらを見つめる表紙。雑誌の名前は『Q《キュー》・T《ティー》』。

たしか十代から二十代前半の女性をターゲットにしたファッション雑誌だ。

でも小戸森さんのファッションは菱川さんプロデュースだったはず。自分でコーディネートしたくなったのだろうか。

小戸森さんは雑誌のページに目を落としたまま言った。

「この前、街を歩いてたら、この雑誌のひとに誘われたの。モデルになりませんか、って」

「ああ……」

僕は思わず納得の声をあげてしまった。というより、いままでそういう話が出てこなかったことのほうが意外に思える。スカウトはなにをやっていたのか。怠慢だ。

「すごいね！　いつから？」

「まだ返事はしてない……」

小戸森さんは浮かない顔だ。あまり乗り気じゃないのだろうか？

「せっかくだし、やってみたら？」

そう促しても、小戸森さんは無言のままぱらぱらとページをめくるだけ。ああいう世界は厳しいというし、不安が大きいのかもしれない。

しかし、小戸森さんの不安はべつのところにあった。

「でも……、放課後の時間がとれなくなるし……」

彼女は僕との密会が減ることを懸念していたのだ。

僕は天にも昇るような気持ちになったが、はたと、

――いやいや、この密会はそもそも僕を『しもべ化』するためのものだぞ？　なにを浮かれてるんだ。

と思い、気を引き締めた。彼女と一緒にいることが楽しすぎて、最近ちょくちょく忘れがちになる。

――でもなあ……。

一緒にいたい。できるだけ長く。

しかしそれは僕の我がままだ。

美しい彼女が、その美しさを活かした仕事をするのは当然のこと。しかもそのチャンスをつかんだ。ファッションにうとい僕だって知っている有名な雑誌で仕事をするチャンスを。

僕が止める権利なんてありはしない。むしろ応援してあげるべきではないか？

「やろうよ。こんなチャンス滅多にないよ？」

小戸森さんはまたぱらぱらとページをめくった。そしてあるページで手を止め、ちらと僕に目を向ける。

そのページにはお洒落な男女が街を歩く写真が載っていた。

手をつないで。

胸がむかむかした。小戸森さんがモデルの仕事をするようになれば、こういう写真を撮ることもあるだろうし、かっこいい男のひとと頻繁に接する機会も劇的に増えるだろう。

そうすれば――。

その先は考えたくもない。

でも、僕は彼女の意志を尊重すべきだ。僕は、彼女の、友達なのだから。

僕は無理やり笑顔を作った。

「話だけでも聞いてみたら？」

そう言うと、小戸森さんはぱたんと雑誌を閉じた。そして鞄をつかむと、

「分かった、聞いてみる」

と、なぜか怒ったように言って、階段を下りていった。

怒っているように思えたのは僕の気のせいかもしれない。でも、明らかにいつもの彼女とは違う。

――いや、それも違うな。

密会をはじめて間もないころの彼女はあんな感じだった。それがいつのころからかいろんな表情を見せてくれるようになって、それを当たり前だと思うようになっただ

け。

　小戸森さんのいなくなった階段室は寒々しく、僕は膝を抱えた。

　さっき感じたむかむかと、新たに生まれたもやもやを胸のなかから追いだしたくて、何度もため息をつく。

　――なんでこんなことに。

　見も知らないスカウトのひとを恨む気持ちまで浮かんできた。でもなにより僕をさいなむのは、小戸森さんのさっきの表情だった。

　心の内を隠すような表情。

「……」

　僕は顔を上げた。

　心の内を隠すったって――。

　――それは僕も同じじゃないか。

　彼女の表情を見て、僕は不安になった。

　彼女だって僕の『作り笑顔』を見て不安になったんじゃないか？

　なら、小戸森さんにあんな表情をさせたのは、僕だ。

　僕は勢いよく立ちあがり、階段を駆けおりる。

　――いてくれっ。

僕は校門を飛び出した。何人かの生徒が全速力で走る僕を怪訝な顔で見たが、気にする余裕もない。

学校の外周を駆け、僕は例の場所に向かった。

いつもの石垣へ。

僕は立ち止まり、膝に手を置いた。

呼吸が苦しい。空気が乾燥しているせいか、喉がひりつく。急に走ったせいでふともの筋肉が痙攣している。

顔を上げ、石垣を見た。

小戸森さんが座っている。気怠げな顔で僕を見ている。

「どうしたの?」

「やっぱり、さっきのなし」

僕はごくりとつばを飲みこんで喉を湿らせた。

「さっきの?」

「モデルの勧誘」

息が苦しくて、切れ切れにしかしゃべれない。

――くそっ、もどかしい。

だから僕は、気持ちを圧縮して一気に放った。

「モデルなんか断ってよっ」

沈黙。僕の荒い息だけが聞こえる。

小戸森さんは小首を傾げた。

「どうして？」

「分かんないけど、なんかやだ」

どう考えてもただの駄々っ子だ。小戸森さんをひどく呆れさせてしまったのではないか。

でも彼女は、呆れるどころか嬉しそうに微笑んだ。

そして立ちあがり、スマホをとりだして文字を打ちこみはじめた。

「え、いま断るの？　というか、断るの？」

「うん」

「どうしていきなり」

「なんかやだから」

小戸森さんはにっと悪戯っぽく笑う。

膝から力が抜けて僕はしゃがみこんだ。多分いま、僕も笑ってる。

「でも、メールで断っても大丈夫なの？」

「ううん。断ってもらうのは過去のわたし」

「うん？」

「前に言ったでしょ？　このスマホにはすでに『時間系魔法』の術式が施されてる。だから勧誘される直前のわたしにメッセージを送って断ってもらうの」

過去の写真を撮ったり、未来をカメラに映したりしたスマホは、過去の自分にメッセージまで送れるらしい。

僕はポケットのスマホに手を触れた。

「その魔法って僕の――」

「え？」

真剣に文字を入力していた小戸森さんは手を止めて僕を見た。

「い、いや、やっぱりいい」

僕のスマホにもその魔法をかけられるのか聞いてみようと思ったのだ。そうすれば――。

――未来の僕から、メッセージが来ないかなって。

約束のリミットを過ぎた二ヶ月後、僕と小戸森さんはどうなってるか。

――違う。

僕はゆるゆると首を振った。

――どうなるかじゃない、僕がどうするかだ。

小戸森さんは鞄から紙片をとりだした。
「これ、もらった名刺」
名刺とスマホをこちらに見せる。
「よーく見ててね」
送信ボタンをタップした。
その直前、メッセージの内容がちらりと見えた。そこにはこう書いてあった。
『大丈夫だよ　園生くんはちゃんと私を』
一瞬だったからそこまでしか読めなかった。
もっと簡潔に『気が変わったから断って』とか書くべきだったのではないだろうか。
——ちゃんと伝わるのかな……？
緊張しながらじっと待っていると、名刺に変化が現れた。
徐々に透明になっていく。まるで画像編集アプリで加工を施したみたいに。
僕は目をしばたたかせた。
そしてついに、名刺はきれいさっぱり消えてなくなった。
小戸森さんはぱっと手を広げた。
「我がことなれり」
と、歯を見せて笑う。

「さて」

彼女は石垣に座った。

「帰るんじゃなかったの？」

「もう少し話したい気分になったの。——ダメ？」

ダメ？　なんて小戸森さんに言われて断れるわけがない。

「喜んで」

僕は彼女の隣に腰を下ろす。

「でもやっぱりここじゃ寒いね」

「ううん」

彼女は首を横に振ってはにかんだ。

「もうあったかいから」

第十四話　バレンタイン、僕チョコレートを、作る側

「はい、というわけでね、今日はチョコレートを作っていくわけなんですけども」

小戸森さんはまるで料理番組の講師みたいに言った。

小戸森さんの家の広々としたキッチン。対面式のシステムキッチンで、ダイニングにはガラスのテーブルと四脚のイス。部屋の隅には背の高い観葉植物があったりなんかして、インテリアショップの広告に載っていそうな、まあ一言で言えばハイカラな感じだった。

でも、そんなハイカラな小戸森家のキッチンに目がいったのは最初の数分ほどで、それ以降はずっと僕の目は小戸森さん自身に釘付けだった。

だって、仕方ないでしょ？　ラフな感じの部屋着の上にエプロンを着けて、長い髪をシュシュでポニーテールにした彼女がキッチンに立っているんだから。隣に立っている僕は、もうさっきから彼女の横顔やうなじに視線が吸いこまれっぱなしである。

今日、僕は小戸森さんの家でチョコレート作りの手伝いをしている。

『チョコを作るの手伝ってもらってもいい？』

十三日のお昼休み、小戸森さんは僕にそうメッセージを送ってきた。

僕は大いに戸惑った。いや、手伝うことはやぶさかではないのだけど、「小戸森さんからチョコをもらえたりして」なんて妄想していたから、まさか自分が製作側に回るなんて考えてもみなかったのだ。

ともかく僕は、みんなに配るチョコを作ることとなった。

「お父さんでしょ、お母さんでしょ、お姉ちゃんでしょ、それから――」

指を折って、配る人数を再確認する小戸森さん。キッチンには大量のバターと板チョコ、小麦粉やベーキングパウダー、紙製の焼き型などなどが並べられている。

「なにを作るの？」

「クラスのみんなには、いっぺんにたくさん作れるブラウニー。お姉ちゃんとかにはそれに加えてチョコチップマフィンをあげようかなって」

――なるほど。

僕は思った。

――チョコチップマフィンをもらいたい。

だって、ブラウニーのほうは大勢に配る用なのに対し、チョコチップマフィンは近しいひとへの特製の品なのだ。つまりマフィンをもらえるってことは、小戸森さんにとって『特別なひと』ということで。

――僕はいったいどちらに分類されるのか……。

「園生くん、どうしたの？　怖い顔して」

小戸森さんが怪訝な顔で僕を見ていた。

「い、いや、お菓子作りなんてはじめてだから緊張して」

「そうなの？　園生くんなら、おはぎとか作ったことありそうなのに」

「あ、それはあるけど」

「あるんかーい」

小戸森さんは漫才師みたいな突っこみをしてクスクスと笑った。

最近、妙にテンションが高い。具体的には、ちょっと前にファッションモデルの勧誘を断ったあたりから。あのときは「小戸森さんが遠くへ行ってしまうのではないか」って少し怖かったけど、結果的に前よりも距離が近くなった感じがしている。

「さて」

機嫌よく笑っていた小戸森さんが、急に真剣な表情になった。目を細め、まな板を見おろす。瓦割りで精神集中をする空手家のような表情だった。

「園生くんに手伝ってもらうのは試作品だから、気楽にいこうね」

――全然気楽そうな顔じゃないんだけど……。

甘いものに格別の思い入れがある小戸森さん。食べるだけでなく、作るほうでもそれは変わらないらしい。

作業開始。小戸森さんの指示で僕は、刻んだチョコとバターをボウルに入れて、湯煎をしながらゴムべらで混ぜる。小戸森さんは薄力粉とベーキングパウダーを混ぜて、ふるいにかけている。

無言で、黙々と作業する。

僕にはしゃべれない理由があった。

――新婚さん、みたいじゃない……？

そう思ってしまった瞬間から、僕の心臓は内側から胸をどっかんどっかんとノックして、とてもじゃないが先ほどまでみたいに滑らかに話す自信はなかった。

僕はちらと横目で小戸森さんを見た。

小戸森さんも僕を横目で見ていた。

ふたり同時に目をそらす。

小戸森さんは裏声みたいな声で言う。

「な、なに？　どうしたの？　どこか分からないところある？」

「い、いや、大丈夫。……あの、うん、大丈夫……」

もうすっかり溶けたチョコを意味もなく混ぜる。小戸森さんも、すっかり空になったふるいをいつまでもとんとんと叩いている。

「あ、あの……つぎはなんだっけ？」

「あ、とと溶き卵を混ぜて、砂糖と、薄力粉も……」

小戸森さんはガッチガチに緊張している。お菓子作りにかける思いは相当なものらしい。『新婚さんみたい』なんて不純なことを考えた自分が恥ずかしい。

——よしっ。

僕は気合いを入れた。余計なことを考えず、作業に集中しよう。小戸森さんの期待に応えるためにも。

僕はしゃかしゃかと卵を混ぜ、チョコに加えて泡立て器で撹拌。ふるった薄力粉と上白糖も加えてゴムべらで丁寧に混ぜる。

バットにクッキングシートを敷き、そこにチョコを流しこんだ。そして砕いたクルミをぱらぱらと落とす。

我ながら手際がいい。和食はたまに作るけど、こういう洒落たお菓子を作るのも楽しいものだ。

小戸森さんを見ると、彼女はバターの入ったボウルに泡立て器を突っこんだまま、ぼうっと僕のほうを見ていた。

頬がイチゴのように赤い。熱に浮かされたような目をしていた。

「……小戸森さん？」

「あ、ひゃい！」

小戸森さんはびくんとなって変な声をあげた。

――『ひゃい』？

「見てない見てない、全然見てないよ！」

あはは、と笑いながらバターをかき混ぜる。

バターを混ぜるのは、マフィン作りの工程で言えば第一段階だ。

――ずっと僕を見てたの？

そんなに心配になるほど下手だったろうか。結構うまいと思ったんだけど……。

小戸森さんは慌てて作業をする。迷いのない、きびきびとした動作。お菓子作りに慣れている感じだ。

僕はそんな彼女をじっと見つめていた。

――惚れなおすなあ……。

はたと、あり得ない妄想が頭をよぎった。

――僕のことを見てたのは、もしかして僕と同じことを考えていた、とか……。

「ないわっ」

僕は恥ずかしさのあまり大声を出してしまった。

小戸森さんはびくりと首をすぼめ、

「な、なに？　わたしなんか間違った……？」

「い、いやごめん。むしろ間違っていたのは僕です」

「？　うん……？」

釈然としない顔で作業を再開する。

紙の型にマフィンの生地を半分ほど流しこんだ。

「これであとは、百八十度のオーブンで二十五分焼いて、粗熱をとるだけ」

「けっこう時間がかかるんだね」

「大丈夫、こちらに――」

小戸森さんは直径五十センチくらいのペンタクルを描きこんだ紙を広げ、オーブンの下に敷く。そしてブラウニーとマフィンの生地をオーブンに入れて、時間を設定し、スイッチを入れた。

するとものの数秒で「ピピ」と電子音がなり、彼女は鍋づかみを手にはめてブラウニーとマフィンをとりだして、僕の前に置いた。

両方ともすでに焼きあがっている。魔法で時間を短縮したらしい。

「すでに焼きあがったものがあります」

「力業《ちからわざ》」

「魔女の時短《じたん》テクニックだよ」

小戸森さんは焼きあがったブラウニーとマフィンをじっと見おろしている。

「なにしてるの？」

「粗熱がとれるのを待ってる」

「時短すれば？」

「粗熱は時短できないの」

——なぜ。

魔法の機序が分からない。

試食タイムである。僕らは向かいあってダイニングテーブルにつき、出来たての試作品を食べる。

ブラウニーは柔らかいクッキーみたいな食感で、でもクッキーよりしっとりしている。かなり甘いけど、最後に入れたクルミのほろ苦さがいいアクセントになっていた。

マフィンのほうはふんわりとしていて、甘さは控えめ。でも粗く刻んだチョコチップが口のなかで溶けると、素朴な味のパン部分と渾然一体となってちょうどいい甘さになる。

僕は渋めのお茶をすすって、はあ、と息をついた。

「おいしいねえ」

僕がそう言うと、小戸森さんはぷっと吹きだした。

「ほんと、おじいちゃんみたい」

そして彼女もブラウニーとマフィンを味見する。

「うん、両方とも上手にできた」

「これで自信を持ってみんなに配れるね」

「え？」

小戸森さんがきょとんとする。

「『え』って、配るんだよね？」

「あ、あ〜、うん、配るよ」

と、決まり悪げな笑みで言った。

謎のリアクションに僕は首を傾げる。

お皿にはマフィンがひとつ残っていた。ブラウニーはふたり分、マフィンは三つ作ったから、ふたりで味見すれば残るのは当たり前だ。

——家族のひとにも味見してもらうのかな？

と思っていたら、小戸森さんはそのマフィンをフィルムに包んで、口を赤いリボンで結んだ。

そして僕に差しだす。

「これ、余っちゃったから園生くんもらってくれる？」

「あ、う、うん」

僕は押し頂くように両手でマフィンを受けとった。

やった。僕はやったぞ。小戸森さんから念願のマフィンをもらった！

――バレンタインデー前日だけど。

でも『特別なひと』に配るためのチョコをゲットできたのだ。

――勝負に勝って試合に負けた、みたいな。

思いのほかしっくりくる喩えに僕は自分を満足させて、小戸森さんの部屋に向かう。

小戸森さんの部屋の壁と僕の部屋の押入は、クリスマスイブの前日からほとんどずっとつながりっぱなしだ。

「じゃあ、今日はありがとう」

「うん、また明日」

手を振る小戸森さんに手を振り返して、僕は押入の戸を閉めた。

日が落ちて、真っ暗な部屋。僕は電気をつけて、マフィンを机の上に置いた。

夕食を食べ、お風呂に入り、勉強する。

そしてすっかり夜も更けて、僕はベッドで本を読んでいた。ちらちらと時計を見る。

――もう少し、もう少し……。

そしてついにそのときは来た。
○時○分。
僕は包装を解いてマフィンを口に運んだ。

――はい！　これでバレンタインデーに小戸森さんから特製のマフィンをもらったに等しい！

「はっ、はっ、はっ」

僕はマフィンの最後の一かけを口に放りこんだ。

「はあ……」

――空しい……。

虚無が胸に広がる。

僕はとぼとぼと台所に行って水を飲んだあと、歯を磨き、就寝した。

◇

その日のお昼休み。教室には浮かれたような、それでいてどこかピリリとした空気が充満していた。

クラスでもっともコミュ力の高い女子が教壇に立ち、紙袋を持ちあげた。

「はい注目！　この紙袋のなかには小戸森さんが用意してくれたチョコが入っています！　さあ、欲しいひとは並んで並んで！」

小戸森さんは「わたしも配る」とイスから腰を浮かせたが、その女子は、

「用意してもらったうえそこまでさせられないから！　あとはわたしに任せて！」

と、制した。小戸森さんはちょっと申し訳なさそうな表情で浮かせた腰を下ろした。

最初は皆《みんな》様子をうかがうようにしていたが、お調子者の男子が「じゃあ俺が一番！」と言って立ちあがると、彼につづいて他のクラスメイトも男女問わず列を作った。

「はい、押さない押さない！　ちゃんとみんなの分あるからね」

——やっぱりみんな小戸森さんのチョコが欲しいよな。

僕も並ぼうかな、と腰を上げたとき、一番にチョコをもらった男子がちょうど帰ってきて、小戸森さんに礼を言っているのが見えた。

——あれ？

彼の手にあるチョコ。それは、チョコレートで有名な製菓メーカー『ロイス』のナッツ入りチョコバー。つまり、既製品だった。

——なんで？

本来ならブラウニーを配るはずだ。

疑問に思ったが、盛んに話しかけられている小戸森さんにメッセージを送ることもできず、僕は遠巻きに見ることしかできなかった。


放課後、学校裏へ行くと、口元までマフラーで覆った小戸森さんが石垣に座って足をぶらぶらさせていた。

僕は挨拶もそこそこに隣に腰を下ろすと、単刀直入に聞いた。

「チョコレート、どうしたの？」

「なにが？」

「だって、ブラウニーを配るって」

小戸森さんは目だけ明後日の方向に向けた。

「失敗しちゃった」

「え、失敗？　試作したのに？」

「時短の魔法をかけてたの忘れて二十五分焼いちゃって、黒焦げ。ブラウニーも、マフィンも。それで材料が足りなくなったから、ロイスのチョコに切りかえたの」

「ええ……？」

最近は魔法で失敗することはほとんどなかったのに。

「そっか、残念だったね」

「うん。だから――」

小戸森さんは僕を上目遣いで見た。

「わたしの手作りチョコを食べたのは園生くんだけだよ」

その言葉に、僕はまじまじと小戸森さんを見た。彼女は目を伏せ、マフラーを引きあげて顔を半分隠してしまう。

僕は顔を正面にもどした。

心臓の音がやけにうるさい。

――バレンタイン、特製チョコを食べたのは、世界でただ僕ひとりだけ。

喜びと混乱のあまり短歌を一首、吟じてしまった。字足らずだが。

僕は冷静を装い、小戸森さんに笑顔を向けた。

「じゃあ、ホワイトデーは僕も頑張らなくちゃね」

「それなら、言葉が」

「え？」

小戸森さんはさらにマフラーを上げて、もごもごと言う。

「なにもいらないから、その代わり一言だけ、言葉が――」

小戸森さんは急に立ちあがった。

「なんでもない！　忘れて！」

靴を引っつかんで駆けていく。

「ええ……？」

まだいくらも話していないのに、今日の密会は強制終了されてしまった。

ぽつんと取り残された僕は、ひと月後のイベントに思いを馳せる。

「ホワイトデー、どうしよう……」

もう小戸森さんが設定した『リミットの一年』はすぐそこだ。そうすれば彼女とこうして会う理由もなくなってしまう。

リミットを理由にしてずるずると引き延ばしてきた思いに、そろそろ終止符を打たねばならない。

「覚悟、決めるか」

僕は手袋をとって、自分の頬を両側からぱんと叩いた。

エピローグ　これからもよろしく

一説によると、ホワイトデーのお返しにキャンディを贈る意味は、

『あなたが好きです』

なんだそうだ。キャンディのようにあなたと甘く長い時間を楽しみたい、ということらしい。

ホワイトデーの放課後、僕は小戸森さんにキャンディを贈った。キャンディを一から作ることなんて僕にはできないから、地元スーパーの催事場で買った、ちょっと高いキャンディをフィルム袋に詰めあわせて、口をリボンで結んだだけのものだけど。

「ありがとう！」

小戸森さんは包装を解き、キャンディを口に放りこんだ。にこにこしながら口のなかで転がす。

そして――。

ガリッ、ガリガリッ！

噛み砕いた。

キャンディは甘く長い時間を楽しむお菓子、という前提が見るも無惨に覆された瞬

間である。

『お前の告白なんかこうだ！』

という意味ではないと信じたい。

「小戸森さん……キャンディの意味は知ってる？」

「もちろん。飴でしょ？」

「……うん」

これ以上ないくらい正解である。

キャンディを贈る意味についての会話から告白につなげようとシミュレーションしていたのだが、もうなにもかもぐだぐだだった。

二個目の飴を噛み砕いたあと、小戸森さんはなんだかそわそわとした様子で髪をいじったりネクタイを直したりしている。そしてときおりちらっと僕のほうに視線を寄こしたりする。

「なに？」

「園生くん、わたしになにか言いたいことはない？」

「言いたいこと？　――あ」

僕は小戸森さんに身体を向け、咳払いをした。小戸森さんもこちらに身体を向け、居住まいを正す。

僕は頭を下げた。

「つまらないものですが、ご笑納くだされば幸いです」

「今日も園生くんらしさが全開だね」

小戸森さんは呆れたように言った。つまり、若さがない、ということらしい。

そう言われても、ひとにものを贈るときに言うべき言葉がそれしか思い浮かばない。

まさか告白の言葉を欲しているなんてこと、あるわけないし。

彼女は急に真剣な顔をして、こう付け足した。

「でもある意味よかった。決心ができたし」

立ちあがり、鞄をつかむ。

「じゃあ」

と僕に手を振り、去っていく彼女の顔は、妙にすっきりとした表情だった。

――決心……？

急に飛び出した重々しい単語に僕は不穏なものを感じたが、なんだか呼びとめるのが怖くて、ただ彼女の背中を見送ることしかできなかった。

◇

小戸森さんの『決心』の意味が分からぬまま一週間が過ぎた。

もう明日は修了式だ。小戸森さんとの約束のリミットである。正確に言えば『一年以内にしもべにする』と宣言したのは昨年の四月中旬くらいだったからまだ一ヶ月ほどあるが、彼女はそういうことを言ったのではあるまい。切りのいい修了式を意識しての発言だろう。

それにもう、ずるずる引き延ばすつもりはない。

──もう今日、言ってしまおうか？

僕はデスクチェアをくるりと回転させて押入の戸を見た。

この部屋の押入と小戸森さんの部屋の壁はいまだにつながっている。しかしプライバシーの問題もあるから、小戸森さんはある魔法を施した。

その魔法とは『空気の振動を遮断する』魔法。つまるところ、音を聞こえなくするための魔法である。

そんな面倒なことをしなくてもつながり自体を遮断してしまえばいいと思ったのだが、そもそもどうしてつながったのか分からず、小戸森さんではつながりを断つことはできなかったそうだ。とても強固なつながりがあるらしい。

よほどの用事があるとき以外は、この出入り口を使わないと約束をしている。最後に使ったのはバレンタインデーの前日、チョコレートを作る手伝いをしたときだ。

告白をすることは、少なくともチョコを作るよりは『よほどの用事』だろう。使っても問題ないはずだ。

僕はスマホを手にとり、メッセージをしたためる。

『ちょっと用事があるから開けてもいい？』

小戸森さんと会う前は苦手だったフリック入力もかなり速くなった。

でも、送信ボタンを押すときはいつも緊張する。誤字はないか、誤解を招くような表現はないか、不快にさせるようなことは言ってないだろうか、と。

今日はなおさら緊張する。だって、このメッセージを送ったら、もう僕たちは、少なくともいままでの関係ではいられなくなる。

運動してもいないのに心臓が激しく鼓動して、息も荒くなる。

——押すぞお、押しちゃうぞお……？

指が震える。

——押す、ほんとに押す、つぎの瞬間押す……！

「っ！」

僕は画面にほとんどくっつきかけた指を浮かせた。べつに気持ちが挫《くじ》けたわけではない。

声が聞こえたのだ。小戸森さんの声が、押入から。

声を遮断する魔法が時間の経過で弱くなってしまったのだろうか。それともつながりがより強くなって音声遮断の魔法を上回ったのか、原因は分からない。ともかく彼女と、そして菱川さんの話す声がかすかに聞こえたのだ。

机の引き出しをそろりと開けてイヤホンをとりだした。耳栓代わりに耳に入れようとしたとき、気になる単語が聞こえてきて、僕は手を止めた。

『告白』

たしかにそう聞こえた。いままさにそのことを考えていた僕が、その単語を聞いてスルーできるはずもない。

足音を立てないよう忍び足で押入まで近づき、戸に耳を寄せる。

聞こえてきたのは小戸森さんの声だった。

「お姉ちゃんはどうやって告白したの？」

「え⁉」

菱川さんはあからさまにびっくりしたような声を出した。

「あ、ああ、ええと……。わたしはアレよ、自分から告ったこととかないから」

「さ、さすがお姉ちゃん……！」

「は、は、は」

菱川さんは笑った。しかしその笑いが若干、乾いているように聞こえるのは気のせいだろうか？

話の内容は、いわゆる恋愛談義というやつらしい。菱川さんの過去の恋愛事情を尋ねているようだ。

――聞き耳を立てるのはよくないな。

戸から耳を離そうとしたとき、小戸森さんが言った。

「こ、告白ってどうすればいいのかな……」

僕は再び戸に耳をつけた。少々の沈黙のあと、菱川さんの声。

「ついに？」

「……うん」

「修了式に告白？　うわ、青春」

「茶化さないでよお」

小戸森さんのちょっと怒ったような声。菱川さんは「ごめんごめん」と笑った。

「好きって言えばいいんじゃない？」

「それだけ？　もっと、なんかこう……」

「いままで手の込んだことをして全部失敗してるんでしょ？」

「……うん」

「遠回しで無理だったんだから、率直に言うしかないと思わない？」

「……思う」

菱川さんは言った。

「マーに足りないのは方法じゃない。勇気だよ」

僕は戸から耳を離した。そして音がしないように部屋から出る。

そのあとの記憶は朧《おぼろ》げだ。階段から足を踏みはずして尻餅をついたり、お茶を淹れたのにそのまま台所に放置したり、歯を磨こうとして歯ブラシに洗顔料を搾りだしたりしたような気がする。母から「大丈夫？」と声をかけられたような気もするが、どう返事をしたかは覚えていない。

気がつくと僕は自室のベッドに倒れていた。小戸森さんたちの声はもう聞こえない。聞こえてきたとしても、もう聞きたくない。

『こ、告白ってどうすればいいのかな……』

小戸森さんは明日、誰かに恋の告白をする。

小戸森さんと僕の知らない誰かの恋が明日、はじまる。

僕の恋は今日、はじまる前に終わった。

スマホに僕のしたためたメッセージが表示されている。

『ちょっと用事があるから開けてもいい？』

送れなくてよかった。

メッセージを消去して、枕元に放った。

◇

修了式が終わり、長めのホームルームのあと、僕たちは解放された。晴れて一年生を修了し、春休みに突入する。

放課後の密会のために僕は学校裏の石垣へ向かった。行かずに済むなら行きたくはない。でもそれじゃあ、昨日のふたりの会話を盗み聞きしていたと白状するようなものだ。

僕はため息をついた。まさか小戸森さんとの密会に行きたくないと思う日が来るなんて考えもしなかった。

重い足を引きずるようにして、僕は歩く。

そして石垣が見えてくる。小戸森さんはすでにそこにいて、いつものように石垣に腰かけている。

ますます足が重くなった。でも僕は無理に笑い、「やあ」などと言って彼女の隣に座った。

「こ、こんにちは、園生くん」

彼女はそう挨拶を返し、じっと足元を見つめる。

表情が硬い。それはそうだろう。これから告白が控えているのだ。

僕も自分の足元を見つめる。というより、小戸森さんの顔が見られなかった。見てしまえば、感情を抑えることができなくなってしまう。

小戸森さんは手のひらを拭くみたいに自分のふとももをさすっている。

「あ、あのね、今日は園生くんに言いたいことがあって」

――僕に言いたいことなんて、もうないんじゃ……？

いや、そうか。

「今日で終わりだよね」

「え？」

「しもべにする、ってやつ」

「あ、ああ！　うん、そう。――はい、あれはいまをもって終わりですっ」

ぱんと手を叩く。妙にテンションが高い。僕はあいかわらず彼女の顔を見ないまま口を開く。

「一年がすごく――」

短く感じる、と言おうとした。でも言えなかった。楽しかったはずの思い出が、いまは僕を激しくさいなむのだ。

駄目だ、泣きそう。

僕は鞄をつかんで立ちあがった。小戸森さんは慌てたような調子で言う。

「あ、あれ？　どこ行くの？」

「小戸森さん、今日これから用事あるんじゃないの？　時間大丈夫？」

「用事、はあるけど……」

と、頬を赤らめ、うつむく。

駄目だ、泣く。

僕は彼女に背を向けて歩きだした。

「え、え？　ちょっと待って！」

ぱたぱたと追ってくる足音。

「どうしたの急に⁉」

「だって僕がいたら邪魔でしょ」

「そんなわけ……」

「だって小戸森さん好きなひといるんでしょ！」

僕はついに声を荒らげてしまった。

「早く行かないとそのひと帰っちゃうよ」

最悪だ。怒鳴りつけてしまった。それに盗み聞きしていたこともばればれだ。

なにもかも終わった。もう消えてしまいたい。

僕は歩みを早める。小戸森さんはほとんど駆け足でついてくる。

「待って、そうじゃなくて」

「そっか、電話を使うのか。それとも魔法？」

「違うの、聞いてっ」

「なら早く行かないと」

「違うの！」

手首をつかまれ、強引に振り向かされた。


「わたしが好きなひとは園生くん！」


僕の怒鳴り声よりずっと大きな声で、小戸森さんは言った。

なにかの聞き間違いだろうか。

「え？」

「いま、なんて？」

にらむみたいな真剣な顔で僕を見ていた彼女は、急に顔を真っ赤にしてそっぽを向いた。

「も、もう言わない」

「僕が、好き？」

「聞こえてるじゃない!?」

「しもべ的な意味で？」

「それはもう終わったって言ったでしょ」

「じゃあ」

僕は小戸森さんを見る。

小戸森さんは恥ずかしそうにこくんと頷いた。

「どういう意味？」

小戸森さんはコケそうになった。

「嘘でしょ、園生くん……」

「ごめん。信じられなくて」

「だから」

小戸森さんは胸を押さえ、大きく深呼吸をした。

「英語で言うとラブの好き」

一度は失ったと思った恋が小戸森さんのほうからまた転がってきた。いや、単に僕が先走って、失ったと思いこんでいただけだったのだ。

僕はぼうっとしていた。実感が湧かない。夢じゃないだろうか。

「小戸森さん、僕のこと強めに蹴ってくれる？」

「どうして⁉」

「いや、これが夢だったら残酷すぎるでしょ？　早く覚めないかと思って」

小戸森さんは僕をいつかみたいにデコピンした。

「痛っ」

僕は額を押さえる。

「夢じゃないよ」

彼女は悪戯っぽく笑った。ちゃんと現実らしい。

「それで、園生くんの返事は……？」

「あ、うん、僕も……ずっと、好き、でした」

一瞬、嬉しそうな顔をした小戸森さんは、すぐに怪訝な顔になった。

「……ずっと？　って……？」

「多分、十一ヶ月前から」

そう言うと彼女はぽかんとした。

「わたしも……十一ヶ月前から」

「は？」

今度は僕もぽかんとした。

「ごめん、ちょっと整理する。――つまり僕らは、去年の四月からずっと両思いなのに、気づいてなかったってこと？」

「……そういうことになるよね」

「は、はは」

「ふふ」

笑った。涙が出るほど笑った。腹筋がつりそうだ。

小戸森さんも笑っている。涙を拭って、お腹を抱えて。

ひとしきり笑い、やっと落ちついた僕らは、また石垣に並んで腰かけた。

この十一ヶ月のあいだ、僕らはいったいどうすれ違ったのか、答え合わせをしようということになったのだ。

『催眠術、かかったフリだったの⁉』

『お化けトンネルで具合の悪いフリをしたのって、わたしが男子と話してるのを見て焦ったからだったの⁉』

などなど。事実が判明するたび、僕らは恥ずかしさのあまり悶えそうになった。

しかしひとつ、判明しなかったことがある。

『未来を見るカメラでカップルを追跡したことがあったよね？　あれはなんだった

の?』

この質問にだけは、小戸森さんは頑なに答えようとしなかったのだ。

それでもしつこく尋ねてやっと一言だけ、

「いずれ分かるから」

という言葉を引き出した。それなら楽しみにとっておこう。

そして僕は、もっとも知りたかったことを尋ねた。

「結局『しもべにする』ってなんだったの?」

「あ、あれは……」

小戸森さんは長い黒髪を指に巻きつけた。

「恥ずかしくて、つい……」

「じゃあ、とくに意味はなかった……?」

「なんとか園生くんを虜にして、それで園生くんから告白してもらおうって、そういう意図だったというか……」

「僕、それを真に受けて、『絶対にしもべになるもんか』って必死だったんだけど」

「そ、そうなの?」

「だって、しもべになったら恋人になれないって思って」

「ああ……」

小戸森さんはため息混じりの声をあげた。

「じゃあ、しもべなんて言わなければ」

「十一ヶ月はかからなかったかも」

ふたり同時に苦笑いをした。

「これからは恥ずかしがらないで、ちゃんと気持ちを言うようにしよう。多分だけど僕、ちょっと鈍感みたいだし」

小戸森さんは目を丸くした。

「気持ちを言うようにしようって決めたから言うけど、園生くん、ちょっとどころじゃないよ？」

「え⁉」

僕の驚いた顔が可笑しかったのか、小戸森さんはぷっと吹きだした。

大丈夫だ。この調子なら、言いたいことを言っても、僕たちは仲よくやっていけるだろう。

「これからもよろしくね、小戸森さん」

「これからもよろしく、園生くん」

石垣の上に置いていた小戸森さんの手に、僕の手を重ねた。彼女は手のひらを上に向けて僕の手を握る。

僕たちは手をつないで、ふたりの未来に思いを馳せた。

◇◇◇

春。僕たちは二年生になった。

小戸森さんとは同じクラス。そして隣の席。多分、彼女が魔法で操作したんだろう。

でもあいかわらず僕たちの関係はみんなに秘密で、隣の席だからって言葉を交わす機会が増えたわけでもない。

でも近くにいられるだけで幸せ……なんてちょっと惚気《のろけ》すぎだろうか？

放課後、小戸森さんは僕に目配せして教室を出ていった。しばらく時間を置いて、僕も教室を出る。

ポケットには茎わかめをぱんぱんに詰めている。きっと彼女は笑ってくれるはずだ。

僕は期待に胸を躍らせながら学校裏の石垣へ向かった。

低い石垣に腰かけた小戸森さんの姿が見えた。先ごろ咲きはじめた赤や白のカタクリに囲まれて、彼女はふわりと微笑んだ。

高嶺の花の小戸森さんは、もう僕をしもべにしたがらない。

でもきっと、これからもずっと、僕は彼女の魔法にかかりつづける。

本書は小説投稿サイト〈カクヨム〉に掲載された作品を加筆・修正したものです。
この物語はフィクションです。実在の人物・団体等とは一切関係ありません。

ポルタ文庫
小戸森さんは魔法で僕をしもべにしたがる

2019年10月25日　初版発行

著者　藤井論理

発行者　宮田一登志
発行所　株式会社新紀元社
〒101-0054
東京都千代田区神田錦町1-7　錦町一丁目ビル2F
TEL：03-3219-0921　FAX：03-3219-0922
http://www.shinkigensha.co.jp/
郵便振替　00110-4-27618

カバーイラスト　くろでこ
DTP　株式会社明昌堂
印刷・製本　株式会社リーブルテック

ISBN978-4-7753-1770-9